JN231409

最強の
おっさんハンター
異世界へ
OSSAN HUNTER ISEKAI E
～今度こそゆっくり静かに暮らしたい～
月島 秀一
ill. 松竜

『ねえ……いっしょに寝ようっ❤』

メシを食べて後は
もう寝るだけ……
そんなおっさんを
待ち構えていたのは――

CONTENTS

SAIKYO NO
OSSAN HUNTER
ISEKAI E

最強のおっさんハンター異世界へ
OSSAN HUNTER ISEKAI E
～今度こそゆっくり静かに暮らしたい～

月島 秀一
ill. 松竜

1　おっさんハンター異世界へ

「こっちが【飛龍の鱗×10】でこっちが【飛龍の角×3】だ」

ターゲットである飛龍を仕留めた俺は、ハンターズギルドへ足を運び、依頼されていたブツを受付嬢へ手渡す。

「ジンさん……もう終わったんですか？」

「ん？　まぁな」

「……S級クエスト『飛龍ロンドクルスの討伐』。これを受注した日は、いつでしたっけ？」

「確か、今朝の七時ごろ……だったか？」

残念ながら何分かまでは覚えていない。

「……今、何時ですか？」

「昼前の十時だな」

ギルド内にかけられた時計を見ながらそう答える。

すると――。

「はっっっや過ぎませんか!?」

突如、目の前の受付嬢が凄まじい剣幕で詰め寄ってきた。

「近いし、声も大きい……。勘弁してくれ、おっさん二日酔いなんだから……」

昨晩は一人で盛大な酒盛りをしたために、今もズキズキと後頭部に鈍痛が残っている。あまり耳元で大きな声を出さないで欲しい。

「ふ・つ・か・よ・い⁉」

「……あっ」

しまった。また余計なことを言ってしまった……。

「ジンさん？　私、クエストを受けるときは、お酒は駄目(だめ)だって口が酸っぱくなるほど、言いましたよね⁉『飲んだら狩るな。狩るなら飲むな！』ハンターの基本心得(こころえ)ですよっ！　……って、聞いてますか⁉」

「聞いている」

「だいたいですね、普通は一週間以上かかるS級クエストを――飛龍種の討伐をどうやってたった三時間で終えられるんですか⁉　行き帰りの時間も考えたら、ほとんどトンボ返りじゃないですか！」

「そう言われてもな……」

行く。見つける。狩る。そのまま帰る。

……うん、特に変わったことは何もしてないな。

「そもそもジンさんはどうしていつも――」

まだまだ話が長くなりそうだったので、俺は強引(ごういん)に話題を変える。

「――それで残っているのはあと、何件だっけ？」

「もう、またそうやって話を逸らすんですから……。はぁ……、ちょっと待ってくださいね、今確認しますから」

「頼む」

現在俺は、積もりに積もった自分宛のクエストを消化中だ。最近は休日を作るために、必死になって働いている。先週末時点で確か残りクエスト数は二十五件。今週は既に二十件ほどクリアしたはずだから、おそらく多くてもあと五件ほどだろう。

（もう一息だな……がんばろう）

決意を新たに勤労意欲を燃やしていると――受付嬢が紙の山を抱えて帰ってきた。

「お待たせしました。現在ジンさん宛となっているクエストは――三十二件です」

「さ、さん……じゅ……っ!?」

増えている、それもとてつもなく。

「な、なぜ……？」

「まぁ、ジンさんは人気ですからね……」

「いやいや、こんな中年のおっさんのどこに需要が……」

そろそろ三十代も半ばに迫るというのに……。いったい世の中はどうなっているんだ……。

「どうします？　今日はもうお休みにしますか？」

「いや……次のクエストを頼む」

その答えを聞いた受付嬢は、少し心配そうな表情を浮かべる。

「……ギルド職員の私が言うのもなんですが、もう少しお休みになった方がいいのでは？　別に全てのクエストを消化しなければならないということもないんですし……」

「ありがとう、気持ちだけ受け取っておく」

ここで休むわけにはいかない。何せ我が家には、問題児たちが今も「おなかすいた！」とわめいているだろうから。彼女たちにしっかりとメシを食べさせるため、そして自身の老後のためにも、働ける内にしっかりとお金を稼がなければならない。

それに何より――。

「困っている人がいたら、助けてあげなくちゃならないだろ？」

決して安くない依頼料を支払って、俺を頼ってくれているんだ。可能な限り、彼ら彼女らの力になってあげたい。

「……わかりました。ジンさんも昔みたいに若くないんですから、体には気を付けてくださいね？」

「あぁ、ありがとう」

そうして俺はまた新たな依頼を受注し、様々なモンスターを狩り続ける。

そんな過労気味の生活が一週間ほど続いた。

そしてついに――。

「……もう、ないよな？　クエストはもうないよな⁉」

「はい、本当におつかれさまでした。現在、ジンさん宛のクエストは……ゼロです！」

俺はついにやり遂げた。夢にまで見たクエスト完全消化。懐もずいぶんと温まったし、何より達成感がとんでもない。

「それじゃ、今日は休むぞ。完全にオフだ！」

「おつかれさまです。ゆっくりと体を休めてあげてくださいね」

「あぁ、ありがとう！」

上機嫌のまま駆け足で自宅へ帰った俺は、扉を前にして深呼吸をする。

（ここからが正念場だ……）

我が家には現在、二匹……もとい二人の問題児がいる。両者とも家で寝ているときは、人間形態をとっており、見た目は十代、性別はメスだ。

（断言しよう。この二人に見つかったら……今日の休日は終わりだ）

一人目は龍種のリュー。銀髪ミディアムヘアー、すこしおっとりした性格の彼女は、ときおり凄まじく甘えてくる。……が、まぁ今日のところは問題ないだろう。つい先日、散々甘やかしたばかりだ。

問題は二人目――スライムのスラリン。女の子にしては少しだけ短めの青髪、何よりともあざとい彼女、何故か俺に並々ならぬ好意を抱いており、隙を見れば擦り寄ってくる。

（今日は数か月ぶりの休日……。二人には悪いが、今回ばかりは留守番をしていてもらうぞ……っ！）

気合いを入れ直し、音を立てないようにゆっくりと玄関の扉を開く。

音を立てないように、つま先立ちのまま廊下を進み、寝室のあたりに差しかかると――。

「すーっ、すーっ」という可愛らしい寝息が聞こえてきた。

(よしよし、やはり寝ているな)

二人は元々がモンスターということもあり、基本的に夜行性だ。昼間はこのようにグッスリと眠っていることが多い。……おかげで夜は中々寝かせてくれず、大変だが。

そのまま無事に寝室前を突破した俺は、ようやく目的の部屋――大倉庫に到着した。

大倉庫には今まで手に入れたポーションやらモンスターの素材、その他様々なものが保管されている。木を隠すなら森の中、アイテムだらけのこの部屋に俺はとあるブツを隠しているのだ。

(見つかったら、すぐに飲まれるだろうからな……)

あの二人は――特にスラリンは食欲旺盛であり、何より雑食性だ。大事な食材はこうやって隠しておかないと、気付かないうちになくなってしまう。

(えーっと、確か……)

懐から一枚のメモを取り出す。最近は少し物忘れが激しくなってきたので、こういう大事なことはメモに残すようにしている。

(あーそうだった、そうだった)

俺はメモを頼りに、とてつもない広さの大倉庫の中から一つの小さな木箱を見つける。

大きな音を立てないように、木箱を素手で壊すと――。

「ふふっ、これこれっ!」

中から、秘蔵の酒――龍泉酒が顔をのぞかせた。

これは龍泉という遥か遠方にある泉の水で作った酒だ。たった一本で金貨数百枚はくだらない、とんでもなくレアな酒である。市場にも中々出回らないため、行商人から購入できたのは本当にラッキーだった。

（いったいどんな味がするのだろう……）

この酒を飲んだことがあるという知人の話では、何でも凄まじいアルコール度数で、それはもう天にも昇る味らしい。

「ふっ……ふふふ、ふふふふふふっ！」

興奮冷めやらぬ中、俺は忍び足で家をあとにした。

■

そのあと、街で高級なギャラノスの肉・肉入りおむすび・簡易式の肉焼きセットを購入した俺は、自宅近くの山へ花見にきていた。

季節は春。今日は桜を肴にして、一杯やるつもりだ。

「青い空、白い雲、そして美しい桜！　あぁ、日々の疲れが溶けていくようだ……」

ここは悪臭漂う沼地でもなければ、熱波の厳しい砂漠でもない。何よりも血生臭いモンスターの死体がないここは、まるでこの世の天国だ。

鼻歌交じりに山道を登っていくと、花見にはちょうどいい開けた空き地を見つけた。都合よく、椅子と机代わりになる切り株もある。

「おっ、ここにするか」

そうして鼻歌交じりに、簡易式肉焼きセットを組み立てていく。

「ふーん、ふふーん、ふーん♪」

いつもお世話になっている使い捨てのものなので、あっという間に完成した。

そして周囲に無造作に落ちている葉っぱや木々を集め、肉焼きセットの下で火をおこす。

「これで準備完了っと」

鉄板に十分火が通ったことを確認し、厚切りギャラノスの肉をその上へ並べていく。

「お肉をじゅじゅっとなー♪」

豊潤な脂が跳ね、肉を焼いたとき特有の濃厚ないいにおいが周囲に広がる。

「んー、食欲をそそるなぁ……」

ギャラノスの肉は、高級肉として非常に有名だ。美しい赤身に、真っ白で綺麗なサシがほどよく入っている。口に入れれば、まるで溶けるように消えていく——このあたりで手に入る肉では、最高クラスのものだ。

「さて、そろそろかな?」

肉がほどよく焼けたあたりで龍泉酒を取り出し、持ってきたグラスになみなみと注いでいく。

「おっとっと……」

龍泉酒はまさに純水と疑うほどにどこまでも透明で、それでいてどこか気品を感じさせた。

よし、準備も整ったところで――。

「いただきます」

鉄板の上で踊る肉を箸でつまみ――そのまま口へとお迎えする。

「――うっまいっっっ！」

そして間髪を入れずに龍泉酒を胃の中へ流し込む。

「んぐ、んぐんぐ……。ぷはぁーーーーっ！」

仕事で疲れた体に、肉の脂が……酒のアルコールが……染みやがるっ！

「はふっ、はふっ……！　んぐっ、んぐっ……あぁーーっ！」

――うまい。

肉と酒の味を語るのに、それほど多くの言葉は必要ない。

真にうまいものは、『うまい』としか表現できないのだ。

そうやって存分に酒盛りを堪能していると、ひらりと一枚の花弁が俺のグラスの中に落ちた。

「おっとっと……。悪いな、すっかり忘れていたよ」

桜だ。

あまりのうまさにすっかり忘れてしまっていた。

せっかくの花見だ。ここからは少しペースを落として、目でも楽しもう。

「今年も……綺麗に咲いたなぁ……」

そういえば去年は、スラリンとリューを連れて花見をしたっけか。

二人は夜行性であるため、あのときは確か夜桜だった。

(酒に弱い二人は酔って暴れて、本当に大変だったなぁ……)

そんな話も今では笑い話だ。

(もしまた「花見に行きたい」とねだられたら、どうしようか……?)

そのときは……まぁ、あの二人は酒抜きを条件に連れて行ってやろう。

俺がそんなことを考えていると、茂みから二匹の狐が姿を見せた。

「ん？　ほほぅ、さてはお前ら肉のにおいに釣られてきたな？」

狐は鼻をひくつかせており、その視線は鉄板に釘付けとなっていた。

「仕方ないやつらだな……ほれっ」

彼らがやけどしないように、適度に冷ました肉を二つ、放ってやる。

すると空中でそれを咥えた彼らは、手を器用に使ってうまそうに食べ始めた。

「どうだー、うまいか？　これは良い肉なんだぞー」

そのまま肉・酒・桜を存分に楽しんでいると、ふともう一つ忘れ物をしていることに気が付いた。

「おっと、そういえばおむすびも買っていたんだっけか」

売店で買った特製肉入りおむすび。切り株の上に置いたまま、放置してしまっていた。

「ごめんよー……って、あれ？」

少し酒が回ってきたのか、ついうっかりおむすびを取り損ねてしまった。取り損ねたおむすびは、

そのままコロコロと草の上を転がっていく。

「おっとっと、待ってくれー」

そのままおむすびを追いかけ、掴もうとしたそのとき。

「うおっ⁉」

突如、足元が崩落し、落下してしまった。

「い、いてて……っ」

落とし穴か？　俺がそう思い顔を上げると——。

「……どこだここ？」

そこには青々とした森が広がっていた。さきほどまで満開であった桜はどこにもなく、また周囲に立ち込めているのは肉のにおいではなく、青々とした草葉のにおいだ。

「はて、俺は落下したはずだが……？」

上を見上げると、ただただ青い空が広がっていた。

「飲み過ぎ……で、こうはならないよな……」

それにそもそも今日はまだ一瓶しか空けていない。いくらアルコール度数が高いといっても、さすがに一瓶でここまで酔うことはない。自慢じゃないが酒は、そこそこ強い方だ。

「……まぁ、いいか」

妙な事態に巻き込まれてしまったようだが、そもそも『狩り』に不測の事態はつきものだ。それに俺は曲がりなりにも、小さい頃から三十代半ばの今に至るまで、危険なハンター業をやっている。

そこそこの修羅場は乗り越えてきたつもりだ。

「まぁ、万が一のときにはコイツがあるしな」

俺は懐に一つだけ忍ばせた丸い玉——帰還玉をさする。これはハンター御用達の緊急脱出用具だ。ハンターはその職業上、毒霧あふれる湿地帯や雷が落ちる高原といった危険な場所へ足を運ぶことが多い。そんなハンターの強い味方がこの帰還玉。これを使えば、たとえどんな場所にいようと、一瞬にして安全な場所に帰還させてくれる。ちなみにその仕組みは誰も知らない。

「と言っても、これは少し値が張るからな……。地力で帰れるなら、それに越したことはないな……」

帰還玉は便利な道具だけにその需要は高く、市場では高値で取引される。使い渋って命を落とすハンターもいる程度には高価だ。

「さて、まずは水の確保っと」

見慣れない土地に来た場合に、真っ先にしなくてはならないのは身の安全の確保。次に飲み水の発見だ。見たところ、付近に危険なモンスターの影も見当たらないし、身の安全については問題ない。ならば、今すべきことは水場の発見だ。

「さてと」

地面に耳をつけ、付近の音を——水の流れる音を探る。長年のハンター業により、俺の聴覚はずいぶんと鍛えられた。数キロ圏内に小川でもあれば、これで一発でわかる。

「ふむ……北に二キロってところかな？」

俺の鋭敏な聴覚が小川のせせらぎをとらえた。

そのまま北へ北へと歩くことしばし。すると――。

「た、助けて……っ！」

少し先の方で女の悲鳴が聞こえた。声色は若く、緊迫した状況にあるのが読み取れた。

「……物騒だな」

さてどうするべきか……。悲鳴の聞こえた方へ出向き状況を確認するか、それとも無視を決め込むか。

（ハンターとして正しい行いは――無視だ）

現在自身の置かれている状況、周囲の環境、敵性モンスターの存在など、不明確なことが多過ぎる。このような条件下で、さらなる面倒事を抱え込むことは間違いなく悪手だ。

しかし――。

「……聞こえちゃったんだよなぁ」

ここで『無視』を選択した場合、そのあとに食べるメシのまずいことまずいこと。

「まぁ、別に助けると決めたわけじゃない。情報収集の一環としてチラリと見に行くだけなら『あり』……だよな？」

誰にしているのかわからない言い訳を並べながら、悲鳴のした方へ向かっていくと――。

遠方に一人の少女を見つけた。少し小柄で、長く綺麗な金髪と――その長い耳が目を引いた。

（あの長い耳……エルフ族か）

となると、俺がいるこの場所はエルフの森なのか……？

（……いや、それはない）

エルフの森の地理は全て頭に叩き込んである。こんな場所は、エルフの森には存在しない。

「だ、誰か……誰かいませんかっ⁉」

エルフ族の少女は肩から赤い血を流しており、息を切らしながら走っていた。必死に助けを求めながら。

（モンスターから逃げているのか？）

すると彼女の後ろから、短剣を持った二人の男が姿を見せた。

「げへへ、待て待て～」

「ほらほらぁ、もっと楽しませてくれよ～」

彼らは下卑た笑みを浮かべながら、エルフ族の少女を追っていた。

わざと付かず離れずの距離を保ちながら、少女が逃げ惑う姿を楽しんでいるようだった。

「……見るに堪えないな」

人間はときにとても残酷になれる生き物だ。自分よりも力の劣る者を見つければ、寄ってたかっての袋叩き。この手の奴は、俺の一番嫌いな人種だ。

「さて、どのようにして助けるべきか……」

既に俺の中で彼女を見捨てるという選択肢はない。そんなことをすれば、今後数日にわたって――いや下手すれば数か月にわたってまずいメシを食べることになる。

（メシは俺の数少ない楽しみの一つだ）

それを失うことだけは、何としても避けねばならない。

「しかし、困ったな……」

彼らからは濃密な『やっかいごと』のにおいがする。できれば姿を見られることなく、秘密裏に彼女を助けたい。何かいい案はないだろうか……。

俺がそうやって頭を捻らせていると――。

「はぁはぁ……っ。きゃっ⁉」

エルフの少女が石につまずき、転んでしまった。膝からは真っ赤な血がジワリと浮かび上がっている。それから彼女は、地面を這うようにして逃げ始めた。おそらく既に走って逃げる体力さえ残っていないのだろう。

「ぐへへ、どうしたどうした～？　追いかけっこはもう終わりか～？」

「切るぞ～切るぞ～、痛いぞ～？」

「い、嫌……っ」

男たちは下劣な笑みを浮かべ、短剣を手にしたまま、ジワリジワリと少女ににじり寄る。

「……やむをえんな」

これ以上は彼女の身が危険だ。結局、俺の存在を奴等に知られず、こっそりと彼女を助ける妙案は思いつかなかったが……。こればかりは、仕方がない。

奴等を真正面から叩き潰すことを決め、背にある大剣に手を伸ばしたそのとき――。

「ゼェルルルルルルルゥッ！」

突如、天高くから巨大な影が降ってきた。

全長十五メートル、高さ四メートル、横幅十メートルほどであろうか。体に独特の赤い紋様（もんよう）が走り、背に一対の翼を生やした小型の飛龍だった。

「ふむ……見たことがない種類の龍だな」

長くハンター生活を続けているが、このような種類の飛龍はこの目でも、そして図鑑の中でも見たことがない。

「ひ、飛龍ゼルドドン⁉　こ、こんなの敵（かな）いっこねぇ、逃げるぞっ⁉」

「ひ、ひぃ〜〜っ⁉」

飛龍の出現に恐れをなしたのか、男たちは尻尾（しっぽ）を巻いて逃げていった。この手の輩（やから）に限って、逃げ足だけは一級品なものである。

（……しかし、助かったな）

これで安全に彼女を助けることができる。

龍は長く紫色の舌をペロリと出し、エルフの少女に詰め寄った。

「や、やめて……。食べないで……っ⁉」

そして大口を開けて、彼女を食べようとしたその瞬間。

「――よっと」

その太い首めがけて、大剣を一気に振り下ろし――一太刀（ひとたち）で龍の首を刈り取った。

「ゼルルッ⁉」

飛龍は短い悲鳴をあげると、糸が切れた人形のようにぐったりと倒れ伏した。頭部のなくなった首からは、凄まじい勢いで鮮血を吹き出している。

位置関係的に大変よろしくないことに、少女はその血を全身で浴びてしまった。

「あー……すまん……」

こういうとき、いったいなんと申し上げればいいのか……。

俺が言葉に詰まっていると、少女はばたりと倒れてしまった。

「おーい、大丈夫か？　おーい」

返事がない。完全に気を失ってしまっているようだ……。

龍に食い殺されると思ったショックによるものか、それとも頭から大量の血を浴びたことによるものか。

「やれやれ……。どうしたものか……」

こんなところに意識のない少女を放置しておくわけにもいかない。

俺は仕方なく彼女を背負い、そのまま小川の音がする方へと向かった。

■

無事に小川に到着した俺は、とてつもなく大きな問題に直面した。はっきり言って苦しい。とてつもなく苦しい状況に、俺は今立たされている。

「いったい……どうすれば……」

目の前にはおそらく年頃の、全身を龍の血で濡らしたエルフの少女。

エルフは穢れや不浄――特に血を嫌う生き物だ。知人のエルフの話では、長時間血に触れているると衰弱死してしまう者もいるとか。

彼女にとって今のような――全身を龍の血で濡らした状況は、大変好ましくない。今すぐにでも水で体を清めなければ、生命に影響が出てしまう状況だ。

「おーい、起きてくれー」

わずかな希望を胸に、その肩を揺さぶってみるが――返事はない。

意識は無くとも、体が拒否反応を起こしているのだろう。彼女は今も苦しそうなうめき声をあげていた。

年頃の女の子の羞恥心とその命――両者を天秤にかけた俺は決断を下す。

「……やるしかないか」

血まみれの彼女を小川のすぐ横へと運んだところで、ふと気付いた。

「おっと、怪我をしているんだったな」

懐からポーションを一つ取り出し、彼女の口へと流し込む。

すると肩口にあった切り傷や、転んだときに擦りむいた膝など、目に見える外傷がたちまち消えてなくなった。

「よし、あとは……」

懐から厚手の包帯を取り出し、それに水を吸い込ませる。厚手の包帯はハンター生活において必需品ともいえるものだ。怪我をしたときはもちろんのこと、このようにタオル代わりとしても使える。

「それにしてもずいぶんと露出が多い服だな……」

おそらくはエルフの民族的な服なのだろう。

緑色の布地に黄色のラインが走り、ところどころに赤のアクセントが入っている。色合い的には品のある感じにまとまってはいるが……。

肩口に太もも、お腹や胸の下部などがざっくりと露出しているため、何というか……非常に目のやり場に困る。

「まぁ、今回ばかりは拭きやすいから助かったがな……」

そういいながら、彼女の髪や体に付着した血を綺麗に拭き取っていき、そして――。

「ついにきたか……」

体と髪を綺麗にし終えた、あとはこの血で汚れた服である。

「ふーっ……」

深呼吸をし、俺は厚手の包帯を目元に巻く。簡易式の目隠しだ。年頃の少女にとって、こんな三十を過ぎたおっさんに裸を見られるのは、耐え難いものがあるだろう。そこを少しでもケアするためにも――目隠しだ。

おぼつかない手つきで彼女の服を丁寧に脱がし、その下にもべっとりとついているであろう血を拭きとってやる。

「こんなところ、スラリンとリューに見られたら……」


『ねぇ、ジン……これはどういうこと？』

『ちゃんと説明……できるよね？』


二人はあんなに若く可愛らしい見た目をしているが、その実中身は『暴食の王』に『破滅の龍』と呼ばれる伝説上の存在だ。

何故か二人とも俺に並々ならぬ好意を抱いており、加えてとんでもなくヤキモチ焼きときている。もし、こんな裸のエルフの少女を介抱したなんて知られたら……。

ぶるりと背に悪寒（おかん）が走る。

（……考えないようにしよう）

そのあと、体を綺麗に拭いてあげてから、彼女の上に自分の鎧下（よろいした）をかけてやる。

それから目隠しをとって彼女を見てみると——。

「ふむ、心なしか落ち着いてくれた気がするな」

先ほどとはうって変わって、「すーっ、すーっ」と穏やかな寝息を立てていた。その表情からは険が無くなり、優しい表情になった気がする。

「あーっ、疲れた……」

そこらのＳ級クエストよりも精神を擦り減らす仕事を終えたところで――ぐーっと腹の虫が鳴いた。

「腹が減ったな……」

花見も中途半端に終わってしまい、特製肉入りおむすびは完全に雲隠れだ。腹が減るのもやむないこと。

「なにか食べるものは……」

周囲をキョロキョロと見渡すも、生えているのは真っ赤で四角いリンゴのような果実に、黄色くて丸いバナナのような果実――どれも見たことのないものばかりだ。

（見知らぬ果実を食うのは……なぁ）

経験上、派手だったり鮮やかな色を持つ果実は強い毒を持っていることが多い。いくらおいしそうに見えたとしても、食べることは推奨されない。

「っと、そういえばアレがあったな」

俺としたことが、先ほど狩ったばかりの龍のことをすっかり忘れていた。

回れ右をして龍を狩った地点まで戻ると、幸いなことに俺の獲物に手をつけるものは誰もいなかったみたいだ。

「おー、よかったよかった」

この周辺には死肉漁りをするモンスターはいないのだろうか？　そんなことを思いながら、手際よく龍の肉をはぎ取っていき、それを厚手の包帯で包む。

「さて、少し急いで戻らないとな」

気を失った少女を長時間放置するわけにもいかない。早足で元居た場所に戻る。

「ふむ、まだ目を覚ましてはいない……か」

よほどショックが大きかったのか、それともよほど疲れていたのか。少女はいまだグッスリと眠っていた。

「それじゃ、メシにするか」

そこらから枯れた木の枝と草葉を集めて火をおこす。鉄板代わりに自身の大剣を使用し、その上に肉を並べていく。大剣の上では、ジューっという肉が焼けるいい音が鳴る。

果実と違い、肉は安全だ。基本的にしっかりと火を通せば、麻痺(まひ)毒や猛毒を持つ個体の肉でもおいしくいただくことができる。

「んー、ちょっと赤身が多めかな?」

昼ごろに食べたギャラノスの肉と比較して、この肉は赤身が多い気がする。

「まぁ、それはそれでまたよしだな」

赤身が多いということは、それだけしっかりと運動をした、健康的な個体の肉ということだ。さぞや力強い味がすることだろう。

飲み水には、目の前の小川の水をいただく。

「……綺麗だな」

よくよく見れば、非常に澄んだ綺麗な水だった。森にある小川の水は、土で濾過(ろか)されて安全なことが多い。しかし、それにしてもこの水は本当に透き通るような綺麗さだった。いざとなれば、泥水をすすってでも生きる俺たちハンターにとってはまさに聖水のようだ。

「近くにエルフの村があるのかもな」

エルフは穢れや不浄を嫌う聖なる存在。エルフの住む地は、彼らの聖なる気によって浄化されると聞く。

そして準備が全て整ったところで、俺はしっかりと両手を合わせる。

「――いただきます」

■

俺が一人でまったりと食事を楽しんでいると――。

「あれ……私……？」

肉のにおいに釣られてか、少女がようやく目を覚ましてくれた。

「おっ、目が覚めたか」

「っ!? に、人間っ！」

先ほど人間に追われていたからか、彼女は目に見えて警戒態勢をとった。少し悲しくもあるが、まぁ仕方がないことだろう。エルフの彼女からすれば、俺も先ほどの二人組も等しく『人間』なのだから。

しかし、今はそんなことよりも——。

「前、前。……見えてるから」

俺はそれだけ伝えると、無言で彼女から目をそむける。

「……前？」

彼女には俺の服をかけてやっていただけ、つまりその下は裸だ。そんな急に立ち上がれば、当然あられもない姿をさらすことになる。

「……っ!?　きゃぁーーっ!?」

ようやく事態を理解した彼女の凄まじい悲鳴が森中に響き渡った。

そして彼女は涙目になりながら、慌てて俺の上着を抱きかかえる。

「あ、あなたは……いったい!?」

彼女は激しく混乱しているようだった。

先ほどの人間たちは？　突如現れた龍はどうなったのか？　なぜ自分は裸でこんなおっさんの前にいるのか？

そんないくつもの疑問が彼女の頭に浮かんでいることだろう。

「悪い人間に追われているようだったんでな。助けたんだよ。俺は人間だが、君の敵じゃない。信用は……まぁ、できないよな」

見ず知らずのおっさんを信用できるわけがない。そんなことぐらい、あまり学のない俺でもわかる。

「……」

少女はジッと俺の目を見つめたまま動かない。

「あー……そうだな。三分ほど後ろを向いているから、あとは逃げるなりなんなりしてくれ。服はそこに乾かしてあるから、忘れないようにな」

彼女の視線が、たき火の近くに干してある服に移る。

「それじゃ、数えるぞ。一、二、三、四、五――」

俺がカウントを進めていくと、背後で衣擦れの音が聞こえた。ちゃんと着替えて、どこかへ行ってくれるのだろう。俺もこれ以上の面倒事はごめんなので、助かるといえば助かる。

(お礼が欲しくて助けたわけでもないしな)

あそこで無視を決め込めば、そのあとに食うメシがまずくなる。ただ、それだけだ。『人助け』なんて高尚なものじゃない、ただの自己満足だ。

(……別にせっかく見つけた話せる人がいなくなって寂しいとか、人恋しいとかそんなことはない。――断じてない!)

「百七十七、百七十八、百七十九――百八十」

少しゆっくりと百八十秒数え切り、振り返るとそこには――元の服に着替えたエルフの少女がいた。

「っと、どうした? 逃げないのか?」

「……あなたからは全くと言っていいほど邪気を感じません。……助けてくれたというのも、本当なんですよね？」

「まぁな、信じてくれると助かるが……そこらへんは任せるよ」

話し相手が残っていてくれたことを少しだけ……ほんの少しだけ嬉しく思いながら、俺は引き続き肉を焼く。

「……私の名前はアイリ――エルフ族のアイリです。助けていただきありがとうございました」

すると少しだけ信用してくれたのか、彼女は名前を告げ、深く頭を下げた。

「いいよいいよ、気にするな。えーっとまずは自己紹介だな――俺はジン。長年ハンターをしているもんだ。よろしくな」

「……はんたー？」

「ん、知らないのか？　未知の秘境へ行って薬草を摘んできたり、畑を荒らす害獣を駆除したり、巨大なモンスターを討伐したり……まぁ、何でも屋のようなものだ」

「はんたー……。なるほど、人間の世界にはそのような職業があるんですね……。初めて知りました……」

ハンターを知らないとは……。俺はずいぶんと遠いところに来てしまったようだ……。

「あなたは――ジンさんは不思議な人ですね」

「そうか？　どこにでもいるおっさんだと思うが……」

「人間がエルフを助けるなんて話は聞いたことがありません……」

ん……？　人間とエルフは良好な関係を築いていたはずだが……はて……？

アイリの認識と自分の常識のズレに首を傾げていると——。

「ところで……それはなんでしょうか？」

彼女は俺の食べている分厚い肉を指差した。

「肉だ」

「いえ……すみません、質問が悪かったですね。そうではなく、どこでそのお肉を手に入れたのでしょうか？」

「覚えてないのか？　ほらさっきアイリを食べようとした、小型の龍の肉だ」

「小型の……龍……？」

あまりの恐怖に記憶がとんでしまったのだろうか。アイリはつい先ほどのことを覚えていないようだった。まぁ、それならそれでいい。わざわざ怖い記憶を掘り起こす必要もない。

「あれだ……ちょっといい感じのモンスターがいたから狩ったんだよ」

俺はそう言い適度にお茶を濁すことにした。

「そう……ですか……」

少し腑に落ちない様子の彼女が顎に手を添え、何事かを考え始めたそのとき——。


ぐーっ。

間の抜けた音が、アイリのお腹から鳴り響いた。

「あっ、あのっ！　これは違うくてですねっ！」

彼女は一瞬の内に顔を赤く染め、早口でまくし立てた。

「はっはっはっ、腹が減るのは健康な証拠だ。どうだ一緒に食べないか？」

鉄板こと大剣をアイリの方へ向け、怖がらせないように優しく笑いかける。

「い、いいの……ですか？　貴重なお肉ですよ？」

「若いのがそんなこと気にするな。好きなだけ食うといい」

肉は大自然の恵み――一人で独占するものではない。みんなで分け合うものだ。

「ほ、本当に、いただいてしまいますよ？」

「おー、食え食え。熱いからやけどしないようにな」

大剣の上で踊る肉と俺とを交互に見やった彼女は――ごくりと生唾（なまつば）を飲み込んだ。

「い、いただきます」

そういって分厚い肉を一つまみしたアイリは「ふーっふーっ」と少しだけ冷まし――一思いに口へと放り込んだ。

「はむ……っ！　……お、おいしいっ」

本当においしそうに、まるで数年ぶりに肉を食べたかのように、彼女は幸せそうに肉を噛（か）みしめた。

「そうかそうか、それはよかった」

そのままゴクリと肉を飲み込んだ彼女は、どこか物欲しそうな目でこちらを見上げた。

「まだまだあるから、気にせずどんどん食べるといい」

するると一瞬、肉に伸ばしかけたその手をピタリと止めた。

「その……もしよろしければ、私の分はもう結構ですので……。一切れだけ、母に持って帰ってもいいでしょうか？」

「ん、家族の分か？　もちろん構わないぞ」

彼女の持ち帰りのために、まだ焼いていない生肉を適当に見繕い、厚手の包帯に包んでやる。

「これぐらいで足りるか？」

持ちやすいように包帯の先をちょうちょ結びにして、アイリに手渡してやる。

「こ、こんなにたくさん……っ。あ、ありがとうございます」

彼女は本当に嬉しそうに頭を下げた。

礼儀正しく、家族思いのいい子じゃないか。

「気にするな。――ほら、もっと食べるといい」

「いえ、既にこれだけいただいているのに、これ以上は――」


ぐーっ。


中途半端に胃に肉を詰めたために、腹の虫が再び音をあげた。

「ふふっ、我慢は体に毒だぞ？　さぁ、遠慮は無用だ」

「い、いただきます……」

そのあと彼女は少し気恥ずかしそうに、そして何より嬉しそうに肉を食べた。

■

「「ごちそうさまでした」」

二人でお腹をさすりながら、小川からくんだ綺麗な水を飲む。

「こんなにお腹いっぱいお肉を食べたのは、生まれて初めてです。ジンさん、本当にありがとうございました」

「どういたしまして。――ところでアイリ。少しだけ聞きたいことがあるんだが……いいか?」

「はい、大丈夫ですよ」

「さっき『貴重なお肉』とか言っていたよな? このあたりには、そんなに動物がいないのか?」

この森にはざっと周囲を見渡すだけでも、食べれそうな果実がいくつもなっている。それに水も綺麗だし、気候も穏やかだ。動物が育つには悪くない環境だと思うんだが……。

「昔は――私が生まれるよりも前には、このあたりにもジャヒィやスウェーといった動物がたくさんいたそうです」

……ジャヒィにスウェー? これまた両方とも聞いたことのない名前だ。

「昔は……ということは、今はもういなくなってしまったのか?」

「……はい。あるときこの地にゼルドドンという恐ろしく凶暴な大型の飛龍が現れました。ゼルドドンは肉食で果実や野菜の類は全く食べません。しかし、その食欲は凄まじく、あっという間にこの地の動物を食べ尽くしてしまいました……」

「なるほど、それで肉が貴重なものになったということか……」

この周辺の地理情報を含め、これは有益なことを聞いたな。それにしても――。

（ゼルドドン……大型の飛龍、か）

聞いたこともない名前だが、彼女の話によると相当に危険な龍らしい。

（この状態では……ちと厳しいかもしれんな）

今日は狩りではなく、花見に行っていたということもあり、ポーションやスタミナドリンクなどの回復・補助栄養剤をあまり持ってきていない。

（それに何より、この場にはスラリンもリューもいない）

大型の――それも飛龍となると、腕っこきのハンター十数人で挑む特級クエスト扱いだ。

（スラリンとリューがいれば、どうとでもなるだろうが……）

さすがにこんな見知らぬ土地で、それも準備もなにもないこの状況では遭遇したくない相手だ。

（少し、気を引き締めないといけないな……）

そうしてこの見知らぬ地の危険度を心中でぐぐっと高めていると、ふと小さな疑問が浮かんだ。

（では、先ほどの小型の飛龍はいったいなんだったんだろうか？　もしやゼルドドンとやらの子ども……だろうか？）

あの小型の飛龍がゼルドドンとやらの子どもなのか、はたまた完全に別種の飛龍なのか。今考えたところで結論はでない。俺は早々に思考を打ち切り、アイリの体調を確認する。

「ところでアイリ、体の調子はどうだ？」

すると彼女は慌てて自身の体を確認し始めた。

「あれ、そういえば……。傷が……なくなってる？」

「そうか、それはよかった」

低位のポーションを使用したため、全ての傷が治ったか少し不安だったが、どうやら問題なかったようだ。

ほっと胸をなでおろしていると、突然彼女が立ち上がり、俺の肩をゆすった。

「あ、あなたは失われた魔法（ロストマジック）を――治癒（ちゆ）魔法を使えるんですか⁉」

近い。近い。いいにおいがす――じゃなくて、近い。

「ちょ、ちょっと落ち着いてくれ」

「あっ……す、すみません」

冷静さを取り戻したアイリは、元いた場所にポスリと座った。

「えーっと、何だっけ治癒……『魔法』？」

そういえばそのまえに『ロスなんちゃら』とついていた気もする。

「はい。失われた魔法の一つ、治癒魔法です。もしかして、ジンさんは伝承に記された大賢者様ですか？」

「いや、人違いだ」

ハンターはバリバリの——超がつくほどの肉体労働者だ。モンスターが跋扈（ばっこ）するこの世界においては、非常に大事な存在だが、間違っても大賢者と呼ばれるような職業ではない。

「で、では、どうやって私の怪我を？」

「これを飲ませたんだ」

懐から赤い液体の入った瓶——ポーションを取り出す。

「これ……は？」

アイリは不思議そうな表情を浮かべている。

「ポーションだ」

「ぽーしょん……？」

どうやら彼女は、ポーションを知らないようだった。

（ハンターのこともポーションのことも知らないのか……）

俺はいったいどんな辺境の地へ来てしまったのだろうか……。世界から取り残されたような寂しい気持ちになる。

「えーっと、そうだな……。簡単に言うと擦り傷や切り傷などを一瞬で治す薬……だな」

その他にも軽度の病から、精神的なマイナス状態といった様々なバッドステータスにも効果があるが、詳しい説明は割愛していいだろう。これ以上アイリを混乱させるのもよくない。

「擦り傷や切り傷……そうですか。……いえ、すみません、助かりました。ありがとうございます」

彼女はどういうわけか少しだけ落胆したようだったが、すぐに顔を上げてお礼を言った。

「気にするな、そこらの売店で売っている安物だ」

二人の暴食娘のおかげで、我が家の家計は常に火の車だ。よほどの重傷でもない限り、低位のポーションで間に合わすのだ。

「人間の世界には、こんな便利なものがあるんですね……」

心底感心したようにアイリは呟いた。

(ふむ、それにしても『魔法』……か)

まるでおとぎ話のような単語の登場に、俺は好奇心を強く刺激された。

(詳しく話を聞いてみるか)

俺がアイリに質問を投げかけようとしたそのとき――。

「ところでジンさん。どうして私は……その、裸だったのでしょうか?」

俺が最も聞かれたくないことを、彼女は直球で投げかけてきた。

「あー……それは何というかその……、血まみれだったからな。水で清めようとし――」

そこまで口を開き、俺は自身の失敗を悟る。

(しまった……。アイリに小型の龍に襲われた記憶はないんだった……)

「ち、血まみれ？　そ、そこまでの怪我ではなかったと思うんですが……」

彼女は小首を傾げ、当然の疑問を口にする。さすがに肩口の傷だけで、裸にして水で清める必要はない。第一、彼女の服装は完全に肩が露出している。

「ほ、ほら、エルフは穢れと不浄を嫌うだろう？　だから、念には念をということで……通らないか？」

……通るわけがないだろう。これで通ってしまったら、それこそアイリの頭の方を心配する。

「……何か、隠していますね？」

「まぁ……隠しているな」

ここで素直に「龍に襲われていたところを助けた」と言うこともできる。しかし、それは何というか非常に恩着せがましく聞こえるし、何よりいたずらに彼女の怖い記憶を呼び起こすことになる。

俺は仕方がなく、正直に「隠し事をしている」と伝えた。

すると彼女は、ジト目でこちらを見て――。

「……えっちですね」

おっさんの胸を深く抉る一言を言い放った。

「まっ、待って欲しい。――俺は見ていない、どこも！　ほらこの包帯で目隠しをしながら、介抱したんだ。本当だ、信じてくれ！」

さすがのおっさんもここだけは譲れない。他の何を信じなくてもいいが、これだけはどうしても信じて欲しい。いくら独り身で寂しいおっさんといえども、こんなに年の離れた少女に欲情したりはしない。――決して。

すると彼女はジト目のまま、ポツリと口を開いた。

「……本当ですか？」

「本当だ！」

即答だ。

面倒くさがりで腰の重い俺だが、ここばかりは――いざというときは俊敏に動く。

「――ふふっ、冗談ですよ」

するとアイリは、いたずらの成功した子どものようにクスリと笑った。

「なんだ……。心臓に悪いから、勘弁してくれ……」

「ふふっ、すみません。私を助けてくれた人の言うことですから、もちろん信じますよ。それにしても……面と向かって、『隠し事をしてる』なんていう人初めて見ました。本当にジンさんはおかしな人ですね」

そういってアイリは優しげに笑いかけてきた。

「ん、そうか？」

どこからどうみても、どこにでもいるただのおっさんなんだが……。

「はい、こんなに優しくて温かい目をした人は初めて見ました」

「……お、おう」

そう面と向かって褒められると……何というか照れる。

会話に困った俺がふと空を見上げると、既に日が傾きかけていた。

（そろそろ自宅へ帰る手立てを探さなければならないな……）

家にはまだ大量の食糧があったはずだ。当分の間スラリンとリューが暴れ出すことはない……はずだ。俺がいないことで機嫌を損ねている可能性は非常に高いが……まぁ、小言は家に帰ってから聞くとしよう。

俺は立ち上がり、アイリに声をかける。

「どれ、近くまで送っていこう」

「い、いえ、そこまでご迷惑をおかけするわけには……」

彼女は申し訳なさそうな表情でそういった。

「しかし、またさっきのような人間に襲われるかもしれないぞ？　……ん？　あぁ、もし迷惑ならいいんだが……」

年頃の少女からすれば、俺のような得体(えたい)の知れないおっさんに住所を知られるのは、抵抗があるのかもしれない。少しそのあたりの配慮に欠けていたか。

「い、いえ！　そんな——迷惑なんかじゃないですよっ！」

するとアイリは首を激しく横に振った。

「そうか、それならよかった。そろそろ日も暮れそうだし、早いところ帰ろう。親御さんが心配するといけない」

「では……すみませんが、よろしくお願いします」

「気にするな。どうせ行く当てもないからな」

そうして俺は彼女と共に、エルフ族の村へと向かった。

■

レイドニア王国──エルフの森近郊に位置する総人口千人ほどの小さな国に、二人の男が泡を吹いて逃げ帰った。さきほどエルフ族の少女アイリを追いかけていた、卑劣で低俗な男たちである。

「へ、陛下(へいか)～～っ！　ゼルドドンが……ゼルドドンがっ！」

陛下と呼ばれた男──レイドニア＝バーナム四世は、二人の緊迫した表情と『ゼルドドン』という言葉により、ついにかの凶悪な飛龍が我が国へ牙(きば)を剝(む)いたのかと肝(きも)を冷やす。

「ぜ、ゼルドドンがどうしたというのだっ⁉」

「ゼルドドンが突然現れて……っ！　そんで……っ！」

「お、落ち着け！　まずは水を──おい、水を持ってこい！」

「はっ！」

横にいた衛兵を怒鳴りつけ、すぐさま水を用意させるバーナム四世。

エルフの森からここまで全力で走ってきた二人は、手渡された水を浴びるように飲み干した。

「んぐんぐっ……。ぷはぁ……。え、エルフ狩りをしてたら、突然ゼルドドンが空から降ってきたんだっ！」

それを聞いたバーナム四世はホッと胸をなでおろした。

「はぁ……。なんだそんなことか……」

ゼルドドンがエルフの森を餌場としていることは、過去に行った実地調査で既に判明している。この国に襲いかかってきたのでなければ、どうということはない。これまで通り、不干渉を貫くまでだ。

「そんなつまらないことを一々報告しなくとも――」

「――そしたら、化物みてぇにつえぇ人間が、ゼルドドンをぶっ殺しちまったんだ！」

「……は？」

バーナム四世は、自らの耳を疑った。

大型飛龍ゼルドドン――その強さは、バーナム四世もよく知るところだ。祖父である先代・曾祖父である先々代レイドニア国王が討伐隊を派遣し、誰一人として帰ってくることがなかった。その結果を受け、当代からは徹底的な不干渉の立場を取ることが既に円卓会議で決定している。

そんな一国が白旗をあげるような凶悪な飛龍が、たった一人の人間に敗れるわけがない。

「はぁ……寝言は寝てから言え。私は忙しいんだ」

そう言って手元の書類に目を落とすバーナム四世。しかし、二人の男たちはなおも食い下がる。

「い、いや、本当なんですよ、陛下！　この目で見たんですっ！」

「お、俺もですっ！　馬鹿みてぇにでけぇ大剣を持った男が、ゼルドドンの首をたった一撃で切り落としたんですよ！」

あまりにも荒唐無稽な発言に、バーナム四世は肩をすくめた。同時に彼の傍に控える衛兵からも失笑が漏れ出す。

「お前たちは、確かエルフ狩りをしていたんだったな？　奴等の幻覚魔法にでもやられたんじゃないのか？」

「あ、あり得ませんっ！」

「あれは疑いようもなく、現実！　本当です、信じてくださいよ、陛下！」

あまりに必死にしつこく食い下がる男たちに、さすがのバーナム四世も不快な思いを抱く。

「もういい、時間の無駄だ――おい、こいつらをつまみ出せ」

「はっ！」

バーナム四世の命令により、衛兵が男たちをつまみ出さんと動き出す。

「へ、陛下っ!?　――こんの糞衛兵どもっ、放しやがれっ！」

「本当なんですよ、本当に化物みたいな、とんでもなく恐ろしい顔をした人間がっ！」

しつこく抵抗を見せる二人に、一人の衛兵がいら立ちを見せる。

「陛下は多忙であらせられるっ！　これ以上騒ぎ立てるようならば、牢屋にぶち込むぞっ！」

「……ぐっ」

「……へ、陛下ぁ」

牢屋にぶち込むとまで言われてしまった二人は、悔しそうな表情を浮かべながら、城からつまみ出されたのだった。

慌ただしい二人がいなくなり、静かになった王の間でバーナム四世はしばし考え込む。

「そういえば……。明後日はエルフ族に貸し付けた金の返済期日だったか……。――おい、借金の取り立てと――念のためゼルドドンの調査のために明日数人をエルフの森に向かわせろ」

「はっ、かしこまりましたっ！」

2 美味いメシと不味いメシ

SAIKYO NO OSSAN HUNTER ISEKAI E

アイリに道案内をされる形で、俺は見知らぬ森を歩く。ちなみに彼女の細い腕ではつらいだろうから、肉は全て俺が持ってあげている。

そしてその道中、彼女から様々な話を聞くことができた。

この森はエルフの森と呼ばれていること。ここには『魔法』という特異な力が存在すること。レイドニア王国という悪い人間の国がこの近くにあること。

（ここがあのエルフの森……？　俺の知っているエルフの森とは似ても似つかないぞ……。それにレイドニア王国なんて名前の国は聞いたこともない。それに何より『魔法』……だと？）

そんなおとぎ話のようなものが、本当に存在するというのか……？

俺は今、いったいどこにいるのだろうか……？

そんなことを考えていると。

「つきましたよ、ジンさん。ここが私たちの村です」

どうやら目的の場所についたようだ。

「ほぅ、ここが……」

やはりというか、予想通りというか。エルフたちは藁や木々などで木の上に家を作り、そこに住んでいるようだった。このあたりは俺の知っているエルフ族の習性と一致する。

「私の家はこちらです」

アイリは見るからに丈夫そうな太いツタを器用に登っていき、木と木の間に架けられた木製の橋を軽やかな足取りで進んでいく。すると一軒の家の前で、その足がピタリと止まった。

「ここが私と母の家です。どうぞ、入ってください」

「ん？　あ、あぁ」

家の前まで送ったのでもう帰るつもりだったんだが……。こう先手を打たれてしまっては、少し切り出しにくい。ここは親御さんに挨拶だけして、おいとまするとしよう。

「お母さん、ただいま！」

勢いよく扉を開けたアイリに続いて、俺もお邪魔させていただく。

室内は、自然と共に生きるエルフらしいと言えばエルフらしい――必要最低限の家具類だけが置かれた簡素なものとなっていた。

すると――。

「ごほっ、ごほっ……。お帰り」

アイリの母親が出迎えてくれた。長く綺麗な茶色の髪。そしてエルフ族特有のとがった耳。顔立ちは、少し大人びたアイリといった感じだ。それにしても――。

（……風邪でもひいているのだろうか？）

顔色が悪く、少し咳も出ているようだ。

「アイリ、今日は少し遅かったね……っ⁉　に、人間っ⁉」

アイリの母親は、俺のことを認識するやいなや顔を青く染めた。そしてすぐさまアイリを自分の元へ引き寄せると、鋭くこちらを睨み付けた。

「人間が私たちに……ごほっ、アイリに何の用で……ごほっ、ごほっ」

「お、お母さん、少し落ち着いて……！　この人は——ジンさんは人間だけど、悪い人間じゃないの！　森で襲われていた私を助けてくれたの！」

その話を聞いたアイリの母親は、信じられないようなものを見る目でこちらを見た。

「そ、それは本当なのですか……？」

「助けた……というほど、大袈裟なことは何もしてません。ただ彼女を追っていた二人の人間を追い払っただけです」

実際にあの男たちを追い払ったのはあの小型の飛龍で、その飛龍を狩ったのが俺な訳だが……。まぁ、そんな細かいことはいいだろう。

俺の説明にアイリも追従して首を縦に振る。それを見て、今の話が本当だと理解した母親が深く頭を下げた。

「これは大変失礼なことを……申し訳ございません。……ごほっ。娘を助けていただき、本当にありがとうございました」

「いえいえ、お気になさらずに。俺は本当にたまたま近くを通りかかっただけですから」

何より彼女には興味深い話をいくつも聞かせてもらった。むしろこっちがお礼を言いたいぐらいだ。

「それじゃ、俺はこれで失礼します」

アイリも無事に家に送り届けたことだし、これ以上この村にとどまる理由はない。俺が回れ右して家を出ようとすると――。

「「お待ちくださいっ！」」

二人が同時に俺を呼び止めた。

「えっと……何でしょうか？」

「あなたは娘を助けてくれた恩人です。何もない家ですが、せめてものおもてなしを、ごほっごほっ……。それに夜ももう遅い――今日はうちに泊まっていかれては、いかがでしょうか？」

「そうですよ、ジンさん。それにゼルドドンは、空腹時以外は夜に行動するという話です。せめて今晩だけでも、泊まっていってはくださいませんか？」

「ふむ……」

アイリの言う通り、モンスターの多くは夜行性だ。おそらく飛龍種ゼルドドンもその例に漏れないだろう。

（……今、ゼルドドンと遭遇することは避けたい）

十分な備えもスラリンとリューの援護もないこの現状では、苦戦は免れないだろう。

それにせっかくの二人の好意をふいにするのも、どうかと思われた。

「では……もしお邪魔でなければ、今晩ここに泊めさせてもらってもいいでしょうか？」

「「はい、もちろんです」」

二人は快く、俺を受け入れてくれた。

「申し遅れましたが、私はアイリの母――メイビスです」

「俺はジン。長年ハンターをしています」

「はんたー……ですか？」

大人のエルフであるメイビスさんも、ハンターのことは知らないようだった。

「まぁ、何でも屋のようなものです」

「ごほっ……。なるほど、人間の世界にはそのような職業があるのですね……。初めて知りました……」

（やはり母と子ども、顔もしゃべり方も本当によく似ているな……）

つい先ほども、アイリと同じようなやり取りをしたような気がする。

互いの自己紹介も終えたところで、メイビスさんが口を開く。

「それでは私は晩ご飯の支度をしてまいります。ジンさんは、そちらの椅子に座って体を休めていてください。――アイリ、あなたはお風呂の準備をお願い」

「はーい」

俺はメイビスさんのお言葉に甘えて、食卓に置かれた椅子の一つに腰かける。

そのあと、お風呂の準備を終えたアイリが隣の席に座り、二人で楽しく会話をしていると――。

「お待たせしました。お口に合えばいいのですが……」

メイビスさんが料理の入った皿を食卓に並べていく。

まずは普通の白飯。そして謎の赤い果実をそのまま蒸し、ホワイトソースをかけた料理。黒い肉厚の野菜を三枚におろした料理。緑と黄の野菜を千切りにしたサラダのようなもの。そして簡単なお吸い物。

見たこともない料理の数々に、好奇心が強く刺激される。

その中で一品、俺の前にのみ置かれた料理があった。

――干し肉だ。

（確か、この辺りでは肉はとても貴重という話だったな……）

しまったな、早くにこの生肉を渡しておけばよかった。

俺がメイビスさんに気をつかわせてしまったことを、後悔していると――。

「あっ……」

机の上に置かれた干し肉を見たアイリが、なんとも言えない複雑な表情を浮かべる。

昼ごろに俺が脂の乗った肉をたくさん食べていたことを思い出したのだろう。

「それではいただきましょうか」

メイビスさんはそう言うと優しい笑顔を浮かべたまま、椅子へと座る。この家にとって――いや、この森に住むエルフにとって、このたった一枚の干し肉がどれほど貴重なものであるかを説明せずに。

「「いただきます」」

食事が始まると俺は真っ先に干し肉へ箸を伸ばし、一思いに口へ放り込む。

（ふむ……）

脂の乗った分厚い肉と、乾燥した細切れのような干し肉。純粋に味のみを比較すれば、どちらに軍配が上がるかは、火を見るより明らかだ。しかし——。

「うまい……。これほどうまい肉を食べたのは久しぶりだ」

「……え？」

「そうでしたか、それは何よりです」

アイリは少しあっけにとられたような顔をし、メイビスさんは嬉しそうに微笑んだ。

メシのうまさは、何も材料の良し悪しで決まるものではない。誰と食べるか、いつ食べるか、どんなときに食べるか。そういった様々な要因により、メシの味というものは左右される。

(……確かにこの干し肉は、古く薄く乾燥しきっている。おそらく元になった肉自体もそれほど良質なものではないだろう)

しかし、この干し肉には温かい『気持ち』が詰まっている。そんじょそこらで食う肉よりもはるかに『ジューシー』だ。

そうして和やかな雰囲気のまま、楽しい食事の時間が過ぎていった。

「「「ごちそうさまでした」」」

俺が満足気にお腹のあたりをさすっていると、メイビスさんが質問を投げかけてきた。

「ジンさん、エルフ族の名物料理はいかがでしたか？」

「どれも今まで味わったことのない不思議な味でしたが——とてもおいしかった。いや、本当にごちそうになりました」

俺は感謝の言葉を述べ、軽くお辞儀をする。

「ふふ、それはよかったです。では、私は後片付けを――ぅっ⁉」

立ち上がり食器を片付け始めたメイビスさんが、突然胸と口のあたりを押さえてうずくまった。

「げほっ……ごほっごほっ……」

「お母さん⁉」

「大丈夫ですかっ⁉」

苦しそうに何度も咳をするメイビスさん、そしてその咳を押さえる右手には――べったりと赤い血がついていた。

「お母さんっ！　お母さんっ⁉」

アイリの悲痛な叫びが狭い室内に響く。

「だ、大丈夫よ、アイリ。……ごほっ、ごほっ」

なんとか立ち上がろうとしたメイビスさんだったが、ガタンとその場に倒れてしまった。

「お母さんっ⁉」

メイビスさんは何かをしゃべろうとしているが、声となって出ていない。うまく呼吸ができておらず、血を吐き出すのみだ。

（これはまずい……っ！）

俺は急いで懐から、青のポーションを取り出す。赤では――低位のポーションでは間に合わない。

「メイビスさん、少し失礼します」

彼女の意識は既に朦朧としていたため、俺は少し強引にその口へポーションを流し込んだ。

「じ、ジンさん、何を⁉」

すると――。

「っはぁーっ！　……はぁ、はぁ。こ、これは……？」

エリクサーがその絶大な効力を示し、一瞬にしてメイビスさんは回復した。

「エリクサーを使いました。これでもう大丈夫です」

空になった瓶を懐にしまい、にっこりと彼女に微笑みかける。

「え、えりくさー……？」

「はい。たとえどんな致命傷や不治の病であろうと、生きている限り即時回復させる万能薬です」

そう、たとえ心臓を貫かれようが、謎の奇病に襲われようが――生きている限り、エリクサーはどんな状態からでも回復させる。最高位のポーションだ。

「そ、そのような、貴重なものをどうして私なんかに……」

「一宿一飯のお礼ですよ、気にしないでください」

「あぁ……本当に、本当にありがとうございます」

「ジンさん、お母さんを助けていただいて、本当にありがとうございます」

二人は深く深く腰を折って、感謝の言葉を述べた。

「いえいえ、ご無事で何よりです。ところで、先にお風呂をいただいてしまってもよろしいでしょうか？　なにぶん、今日は少し疲れてしまったので……」

「ええ、もちろんです。アイリ、ジンさんを案内してあげて」

「はい――ジンさん、浴室はこちらです。ついてきてください」

「あぁ、ありがとう」

■

浴室に入り、頭と体を綺麗に洗った俺は、風呂にどっぷりとつかる。

「はぁー……やっちまった」

先ほどは『一宿一飯のお礼』などと格好をつけたが……正直かなり苦しい。

どうにもならなくなったときの――超緊急事態のときのための一本を使ってしまったのだから。

(……いや、これでよかった。俺の判断に間違いはない)

あの場は一刻を争う、まさに緊急事態だった。メイビスさんは、咳と同時に大量の血を吐いた。

つまり少なくとも、いくつかの重要な臓器に深刻なダメージがあったということだ。下手に低位の――赤いポーションを使っていたら、メイビスさんは今ごろ命を落としていたかもしれない。

しかし――。

「……はぁ」

得たものが大きければ、失ったものもまた大きい。

エリクサーはまさに『万能薬』と呼ぶにふさわしい最高位のポーションだ。同時にその生成は至難を極める。超凄腕の錬金術師数人が集まって、一年に一本作れるかどうか……といった具合だ。

高い需要がある一方で、供給はごくわずか……。価格が高騰するのも、無理のない話だ。

(確か先月競売に出された時は……俺の年収と同じぐらいの値で落札されたんだったか……?)

つまり俺はたった一日で一年分の給料を失ったことになる。さすがにため息もこぼれてしまう。

「――いや、切り替え切り替え! 良いことをしたんだ、明日のメシはきっとうまいぞ!」

両手で顔をパチンと叩き、気持ちを切り替える。

「とにかく今まで以上に慎重に行動しないとな……」

エリクサーを使用した今、万が一にでも致命傷を負ってしまえば即死亡だ。アイリの話では、このあたりにはゼルドドンという大型の飛龍も出現するようだし、明日からは隠密行動を徹底しなければならない。

「ふぅ……さっさと家に帰る方法を見つけないと……だな」

家には予備のエリクサーがまだ数本残っている。いざという時のために、一本は常に持ち歩いておきたい。

「帰還玉を使うか……?」

あれを使えば、俺の家に――最低でも落とし穴に落ちる前の場所に戻されるはずだ。

「……仕方ない。明日中に帰る手段が見つからなければ、使うとしよう」

今後の行動方針が決まったところで、脱衣所の扉が開く音が聞こえた。

「ジンさん、お湯加減はいかがですか?」

アイリの声だ。

（本当に気の利くいい子だな……）

スラリンとリューにも是非とも見習って欲しい。……いや、あの二人にもいいところはあるんだが。

「ばっちりだ、ありがとう」

「ふふっ、それはよかったです。こちらにタオルを置いておきますね、それではごゆっくり」

そう言ってアイリは、脱衣所をあとにした。

「ふー……そろそろ上がるか……」

体も十分に温まったし、何より明日の目的も決まった。今日は早く寝て、明日に備えよう。

■

その翌日。俺は品性の欠片ない、罵詈雑言によって目を覚ますことになった。

「――おい、この糞エルフどもが！　わかってんだろうなぁ!?」

家の外から、ずいぶんと大きな怒鳴り声が聞こえる。

「……なんだ？」

目を擦りながら、体を伸ばす。そして家の扉を開けようとしたそのとき――。

「ジンさん、外に出ちゃ駄目です」

先に目を覚まし、既に朝の身支度を整えたアイリが俺の手を引いた。

「ん、どうしてだ？」

「あれは昨日私を追っていた——レイドニア王国の人たちです。ジンさんの顔を覚えられているかもしれません」

「ふむ、そういうことか」

俺としても、やっかいごとはごめんこうむる。ここはアイリの言う通り、大人しく家の中から見ているとしよう。のぞき窓から、外の様子をうかがうと——三人の人間が、今も村の中心で大声を張りあげていた。

「……ちっ、おいクソガキっ！　何だその反抗的な目は……？　文句でもあんのか……あぁ⁉」

「ひぃっ⁉」

一人の男が短剣を手に持ち、小さなエルフの少年に詰め寄っていく。

そのとき。

「おやめなさいっ！」

とあるエルフの少女が、男の前に立ちふさがった。彼女は他のエルフとは違い、少し装飾の凝った衣装を着ており、胸のあたりに白銀のペンダントをしていた。

（この村の長……にしては、幼すぎるか）

彼女は、一見してアイリよりも少し若く見えた。村長を任せるには、あまりに若過ぎる。

「おいおいリリィ様よぉ、その口の利き方は何だ？　誰のおかげで、お前らエルフどもが今も生きていられると思ってんだぁ⁉」

すると人間の男は、その矛先(ほこさき)をリリィと呼ばれた少女に向けた。

「……あなた方、レイドニア王国のみなさまのおかげです」

リリィは悔しげな表情で歯を食いしばりながら、そう答えた。

「そーだよっ！　よぉくわかってんじゃねぇか！　俺たちが貴重な栄養源である肉を！　お前らに恵んでやっているから！　お前らは生きてられてるんだよなぁっ!?」

「……はい、ありがとうございます」

リリィのその答えに、男は満足しなかった。

「……心がよぉ――こもってねぇんだろうがっ！」

「きゃあっ!?」

「リリィ様!?」

男が乱暴にリリィの肩を突き飛ばしたことによって、アイリをはじめとした村のエルフたちが一時騒然となる。

（この反応……。やはり彼女が村長なのか……？）

男は地面に倒れ伏したリリィの肢体(したい)を、下劣な目で上から下まで舐(な)めるように見る。そして劣情に駆られた薄汚い笑みを浮かべ、彼女の顎(あご)に手を添えた。

「へへっ、どうだぁ、リリィ様よ。あんたが体で支払うって手もあるんだぜ？」

「そ、それは……」

村全体の利益と自身の体――二つの間で揺れているのか、リリィは悲痛な面持ちで下を向いた。

「その体を差し出せば……そうだな、借金を1%は減額してやるよぉ！」

「「「ぎゃはははははっ！」」」

ひとしきりエルフたちを嘲り笑った男たちは――。

「とにかく、返済期日は明日だ！　既に三回も期日を延ばしてやってんだから、次こそはきっちりと払ってもらうぜぇ？」

最後に捨て台詞を残して帰っていた。

「全く……朝からずいぶんと不快なものを見せてくれるな……」

陰鬱な気持ちになりながら、俺はのぞき窓から視線を切った。

■

さきほどの異様な事態について、アイリから簡単に説明を受けた。

エルフの村がレイドニア王国に莫大な借金を抱えるようになった経緯はこうらしい。

この地にゼルドドンが降り立ち、エルフの森の動物を食いつくしてしまった。その結果、エルフ族はたんぱく質を摂取することができず、村ではたちまち病気が流行りだした。

（昨晩のメイビスさんも、おそらくはその病にかかっていたのだろう……）

そんなエルフの窮状に目を付けたのがレイドニア王国だ。他国との交易で安価な肉を仕入れたレイドニア王国は、その肉を信じられないような高値でエルフ族に売りつけた。エルフたちは、命には代えられないとその肉を買い続けた。

（しかし、当然ながら、資金はいずれ底をつく）

そこに追い打ちをかけるように、レイドニア王国は法外な利率で金を貸し付けた。借金は複利により年々増え続け、現在はこのエルフの森も担保となっているらしい。

（なんとも、惨たらしいやり口だな……）

同じ人間として反吐が出る。

「それでその借金というのは、今どれくらいあるんだ？」

「現在、金貨にして五万枚ほどだと聞きました……」

「五万枚……」

俺は思わず息をのむ。

（とてつもない大金だ……。エリクサーが複数本買えてしまうではないか……）

少し失礼な言い方になってしまうが、こんな多額の借金を『エルフ』が返せるわけがない。

エルフは自然と共に生きる種族。森を愛し、山を愛し、川を愛する。だから、森が痛まないように、採取する薬草も狩る動物も必要最低限だ。人間と違い、余分に取ることもしなければ、それを元手にして財を成そうともしない。金や銀といった希少な鉱山資源を目当てに、山を掘り起こすこともない。

このように俗世と離れ、慎ましやかな生活を送るエルフが、金貨五万枚もの多額の借金を返せるとは到底思えなかった。

「ふむ……」

俺は扉を開け、外に出る。するとそこには、悔し涙を流すもの。呆然として立ち尽くすもの。何が起きたのかわからず、ただただ泣き叫ぶ子どもたちの姿があった。

(……ひどいな)

そこに希望はなく、救いもない。村全体が陰鬱な空気に包まれていた。

「そういえばさっきからメイビスさんの姿が見えないが……？」

「お母さんは今、近くの湖に水を汲みに行っています。普段は私の仕事なんですが、『今日は体が軽いから』って、行ってしまいました」

客人である俺の前だからであろうか。本当はつらい思いをしているはずのアイリは、必死に明るく振る舞っていた。

「……そうか」

俺はそれ以上何を言うこともなく、扉を閉め、顔を洗い、歯を磨き――朝支度を整えた。

(――よし、そろそろ行くか)

帰る手段を探す時間は、日が暮れるまでだ。ゆっくりとしている時間はない。

荷物をまとめた俺は、家事をしているアイリに声をかける。

「アイリ、この肉はみんなで分けて食べてくれ」

そういって昨日メイビスさんに渡しそびれた分に――俺の分を加えた肉を手渡す。

「こ、こんなにたくさんいただけませんよ！」

アイリは、首を横に振った。

「気にするな。この肉だって、俺よりもアイリたちエルフ族に食べてもらった方がきっと喜ぶ」

今この肉を本当に必要としているのは俺ではなく、エルフたちだ。

今日中に帰る手段が見つかれば、俺はそのまま家に帰る。もし見つからなかったとしても、帰還玉を使用するつもりだ。つまりどちらにしろ俺がこの地に――肉が貴重なこの地にいるのは今日が最後だ。

(元の場所に帰れば、肉はそれこそいくらでもある。それならばこれは、彼女たちが食べた方がいい)

アイリは申し訳なさそうに、包帯に包まれた大量の生肉を受け取った。

「何から何まで、すみません。……本当に助かります」

「気にするな」

しかし――俺がしてやれるのもここまでだ。可哀想(かわいそう)なことではあるが、さすがに出会って一日二日の相手に金貨五万枚は出せない。それにそもそもこれは、エルフとレイドニア王国の問題だ。完全に部外者である俺が、これ以上首を突っ込むものではない。

「それじゃ、俺は行く」

「ど、どちらへ……?」

不安そうな表情で、彼女はそう問いかけた。

「元いたところに、な。……おそらくだが、もう会うこともないだろう。短い時間だったが、本当に楽しかった、ありがとう。メイビスさんにもよろしく伝えてくれ」

「そうですか……。ジンさん――この御恩は決して忘れません。本当にありがとうございました。もし、もしまた近くに立ち寄ることがあれば……いつでもいらしてくださいね」

俺はそれに片腕をあげて応え、エルフの村をあとにした。

■

そのあと、帰る手段を必死になって探し回ったが……。

「……ない」

ぽっかりと空いた洞窟。大きな湖の中。高い草の生い茂る湿地。

俺なりに怪しいと思った場所を隈なく探したが、結局帰る手段は見つからなかった。

「あんな感じの――花見に行ったときにあったような落とし穴が、どこかにあると思ったんだがな……」

予想は外れ、どこにもそんなものはなかった。もしかすると、まだ探索できていないところがあるのかもしれないが……。

(どのみち、時間切れだな)

空を見れば、日は既に地平線に沈みかけており、これからは闇の時間――モンスターの時間となる。これ以上の探索は危険だ。いつゼルドドンに遭遇するかわかったものではない。

「……やむを得んな」

俺は懐から帰還玉を取り出し、一思いにそれを地面に叩き付けた。

すると大量の白い煙幕が俺の全身を包み込み――気付けば、昨日花見をした場所に俺は立っていた。目の前には、昨日俺が落ちた落とし穴がある。

「ふぅ……、ようやく戻ってこれたか」

またうっかり落っこちてしまわないように、静かに落とし穴と距離を取る。

「それにしても不思議な経験だったな……」

遠目に落とし穴を覗くが、全く底が見えない。

「どれ……」

試しに近くにあったこぶしほどの大きさの石を穴に放り投げ、すぐに地面に片耳をつけた。石が地面に落ちた時になる音が、何秒で返ってくるかによって穴の深さを知ることができる。

しかし――。

「……ん？」

いつまで経っても音は返ってこなかった。

「どういうことだ……？」

こんなことは今まで一度もなかった。

考えられるのは二つ、俺が音を聞き逃したか、それともこの穴の先が全く別の異世界に繋がっているかということである。

前者はほぼあり得ない。集中したときの聴覚には自信がある——遥(はる)か遠方の小川のせせらぎさえ聞こえるほどには。となると……。

「異世界……か……？」

にわかには信じられないが、もし仮にあそこがこの世界とは違う、異世界だとすると——。

（一応、全てのつじつまが合う……）

見たこともない果実。見たこともないモンスター。謎の大型飛龍ゼルドドン。ポーションのことも、何よりハンターの存在すら知らないエルフ。俺の知るエルフの森とは、全く違うエルフの森。聞いたこともないレイドニア王国という名の国。

（あそこが異世界だというなら、全て納得のいく話だ……）

そこまで考えたところで、俺は思考を打ち切った。

「まぁ、もう行くこともないだろうし、考えても仕方ないな」

大きく伸びをし、胸いっぱいに新鮮な空気を吸い込む。

「ふーっ……、帰るか」

回れ右をして、自宅の方へと足を向けると——視界の端にギャラノスの肉と龍泉酒をとらえた。

「そういえば、花見の途中だったんだな……」

数か月ぶりの息抜きだったはずの花見が、とんだ冒険になってしまった。

「残りも少ないし、ここで食ってしまうか」

簡単に火をおこし、残ったギャラノスの肉を焼いていく。密封された容器の中に保存しているので、肉の状態は良好だ。ジューっという肉が焼けるいい音が鳴り、あたりに肉のにおいが充満する。

「そろそろかな……？」

両面がほどよく焼けたことを確認し――。

「いただきます」

ギャラノスの肉を一思いに口へ放り込んだ。

口の中に濃厚な脂が、肉のうまみが一気に広がる。古びた薄い干し肉とは違う。新鮮で分厚い、極上の高級肉だ。そして間髪を入れずに、これまた至高の一品である龍泉酒をゴクリと飲む。

「はふはふっ……んぐんぐっ……。ぷはぁー……」

しかし――。

「……まずい」

なぜだかそのメシは、全くと言っていいほどに――おいしくなかった。

そのあと、何となく気持ちがしっくりとこないまま自宅へと帰った。

「ただいまー」

玄関の扉を開け、帰りの挨拶をすると――。

「ジーンっ！　おっかえりーんっ！」

スライムのスラリンが俺の胸に飛び込んできた。

「うおっ⁉」

回避するわけにもいかず、俺はそのまま彼女に押し倒されてしまう。

「えへへぇ、ジンのにおいだぁ……」

スラリンはまるで自分のにおいを俺につけるかのように、体を擦りつけてきた。

スライムのスラリン。普段は人間形態をとっており、見た目は完全に十代の少女だ。百三十センチほどの小柄な体型。肩口ほどで切られた綺麗な青髪ショートヘアの女の子だ。

「もう、昨日はどこ行ってたの？　心配したんだよ？」

「まぁ……ちょっといろいろあってな。悪い悪い」

スラリンは「全くもう！」と言いながらも、どこか嬉しそうに笑っていた。

「ほら、スラリン。メシの準備をするから、そこをどいてくれ」

ここで決して「スラリンが重いから」と言ってはいけない。以前それで大変な目にあった。

「えー、もうちょっとだけぇー」

そう言ってスラリンは、中々離れてくれなかった。

（全く、しょうがない奴だな……）

昨日、寂しい思いをさせてしまっただけに、強く「どいてくれ」と言うことはできない。スラリンの頭を撫でてやろうと腕を伸ばしたそのとき――。

「ジンから、離れて……」

「うぇっ⁉」

不機嫌な顔をしたリューが、スラリンの首根っこをつまみあげ、俺の上からどかせた。

飛龍種のリュー。スラリン同様に普段は人間形態をとっており、見た目は完全に十代の少女。スラリンよりも若干背が高く、銀髪ミディアムヘアーの女の子だ。腰のあたりに一対の真っ白な翼が生えているのが特徴だ。

「おぉ、リュー。ありがと――」

お礼を言いかけたそのとき、リューが仰向けとなった俺に覆いかぶさるように抱き着いてきた。

「おかえり……ジン……」

「お前もか……」

リューが幸せそうに俺の胸元に頬を擦りつけていると――。

「ちょっとリュー、そこをどきなさいよ!」

顔に青筋を浮かべたスラリンが、リューに食ってかかった。

「駄目……。先に抜け駆けしたのはそっち……」

「はぁ!? リン、別に抜け駆けなんてしないし! とにかく、早くそこをどいてっ!」

スラリンはリューの翼をがっしりと掴むと、思いっきり後ろへと引っ張った。

しかし――。

「ふふっ……無駄……」

リューは破滅の龍と呼ばれる伝説上の龍。

同様にスラリンも暴食の王と呼ばれる伝説上のスライム。

しかし、身体能力に優れた龍種と特殊能力に優れたスライム種。単純な力比べでは、リューに軍配が上がる。

ちなみにこの家での腕相撲ランキングは一位が俺、二位がリュー、三位がスラリンである。男の意地でまだリューには一度も負けたことはないが、あと十年もすればやばいかもしれない……。

「ど、どいてったら、どいてよっ！　ほらジンも嫌そうな顔をしてるしっ！」

そう言いながらもスラリンは俺の肩に手を置き、まるで自分の領土を主張するかのようにリューを牽制した。

「そんなこと……ない……。ジンは今……癒されている……っ！」

二人はいつものようにまた言い争いを始めた。

「いや……二人ともどいてくれると助かるんだが……」

「……わかった」

リューは少し残念そうにしながらも、体の上から降りてくれた。

それを確認したスラリンも名残惜しそうに肩から手を離す。

「よっこらしょっと」

ようやく自由の身になった俺は、そんなおっさんくさいかけ声と共に立ち上がる。

その間にも二人の言い争いは白熱の一途をたどっており、今もお互いの顔がくっつきそうなほどの至近距離で睨みあっている。

「ふっ、スラリンのゴツゴツした体より私の方が柔らかい……っ」

リューはスラリンの胸辺りを凝視しながら、勝ち誇った顔でそう言った。

「そ、そんな脂肪の塊なんて……べ、別に欲しくないしっ！」

「持たざる者の言葉は……軽い……っ」

一切余裕の姿勢を崩さないリューに対し、スラリンは徐々に涙目になっていく。

(そろそろこの辺りで止めておくか……)

俺がそう思って声をかけようとしたそのとき。

「くっ……このっ！　——翼人間っ！」

「あっ……馬鹿っ！」

瞬間、リューのまとう雰囲気が変わり、凄まじい殺気が吹き荒れる。

「……今……何て？」

同時に彼女の腰に生えた一対の翼が音を立てて巨大化——本来の大きさに戻っていく。鋼の強度を誇る翼は、家の壁に大きな穴を開けながら、なおも大きくなっていく。

(か、壁が……っ⁉)

翼人間——リューの前で絶対に言ってはならない禁句だ。彼女は見ての通り、腰に一対の翼が生えている。まぁ平たく言えば、人間形態のときにも完全に人間になり切れていないのだ。一方のスラリンは人間形態のときには、完全な人間のフォルムとなる。個人的に腰に生えた翼は、とても可愛いと思うんだが、リュー本人は強く気にしている。

するとで今度はリューが反撃に出た。

「ふん……。猫かぶり……本性はどす黒いくせに……！」

「……あ？」

すると次の瞬間、スラリンの足元がジューっという音と共に溶けだした。見れば彼女の両足が黒く――スライム本来の姿に戻りかけていた。

（ゆ、床が……っ!?）

リューの言うところによると、スラリンは日頃から猫をかぶっているらしい。何でも二人は、俺の家に住み着く前からの古い知り合いらしかった。昔に何があったかは知らないが、このようによく喧嘩（けんか）をする。

「まっ、待て待て二人とも！　こんなところで喧嘩はしてくれるな！」

この家は俺が若い頃から必死になって働き、ようやく建てた夢のマイホーム。そうやすやすと潰（つぶ）されるわけにはいかない。

「「うん、わかった」」

すると先ほどまでの刺すような殺気はどこへやら……。二人は笑顔でそう言った。

（俺の言うことを聞いてくれるのは、嬉しいんだけどな……）

もう少し仲良くして欲しいと、おっさんは切に思う。

「はぁ、全く……。それじゃ俺はメシの準備をするから、それまでおとなしくしていてくれよ？」

二人の頭をクシャクシャと撫でて、厨房（ちゅうぼう）へと向かう。

すると――。

「ジン、今から料理するのー？　それなら、リンも手伝うー」

「私も……手伝う……！」

そう言って二人は俺の後をついてきた。

「おっ、そうか。それは助かる、ありがとな」

「「えへへ……」」

俺がお礼を伝えると、二人は嬉しそうに笑った。

■

結論から言うと、やはりというか何というか——一人で料理した方が圧倒的に早かった。

スラリンはあふれ出る食欲を抑えきれずに、いくつもの食材をつまみ食い。完成した料理を運ばせれば、無駄に走って転んで床にぶちまける……。

リューはリューで魚を切らせれば、力加減を間違えてまな板まで一刀両断。てんぱって人間形態を解きかけてしまい、食材をやら何やらをあちこちにぶちまける始末……。

残念ながら、以前二人と一緒に料理したときと全く同じ結果になってしまった。

「ジン、ごめんね……」

「ごめんなさい……」

二人はしょんぼりしながら、ペコリと頭を下げた。

「もうすんだことだ、気にするな。ゆっくりでいいから、これからも少しずつ練習していこうな」

俺は二人の頭を撫でてやりながら、彼女たちが気落ちしないように優しく声をかけた。

「うん、そうする！」

「ありがと……ジン……」

「よし、それじゃ早速食べようか！」

そうして全員が椅子に座ったことを確認し、みんなで両手を合わせる。

「「「――いただきます！」」」

机の上には今しがた作った大量の料理がずらりと並んでいる。ほとんどはスラリンとリューの分だ。二人は今は人間形態をとり、非常に小柄な体型だが、真の姿はとてつもなく大きい。戦闘を行わず、起きて寝るだけの生活をするだけでも莫大なエネルギーを消費する。健康を維持するためには、このように大量の食事が必要なのだ。

「どうだ、おいしいか？」

「おいしーっ！　やっぱりジンのごはんは最高だよっ！」

「おいしい……とっても……！」

「そうか、それはよかった」

二人は幸せそうに、次から次へと料理をたいらげていく。

結局、あれだけたくさんあった料理は、ものの数分で消えてなくなってしまった。

「あー、食べた食べたぁ！」

「うん……満腹……っ！」

満足そうに上機嫌でお腹のあたりをさする二人。

「ジンはー、どうだった？」

「ジン……おいしかった……？」

俺はその質問に、即座に答えることができなかった。

「ん……。あ、あぁ、おいしかったよ」

「「……？」」

俺の少しおかしな態度を敏感に感じ取った二人が、首を傾げた。

「――あー、よし！　それじゃ後片付けは俺がやっておくから、二人は風呂に入ってくるといい」

俺はやや強引に会話を切り上げ、風呂に入るよう二人に言いつける。

「はーいっ！」

「わかった……！」

ありがたいことに、二人は素直に風呂場へと向かってくれた。

スラリンとリューの姿が見えなくなったことを確認した俺は、大きなため息をつく。

「はぁ……」

せっかくみんなで作ったこの料理も――心の底から楽しむことができなかった。

■

そのあと、太陽が地平線から昇りかけた頃に俺たちはベッドに潜り込む。

右隣にはお気に入りの青色のパジャマに身を包んだスラリンが、左隣にはこれまたお気に入りの白色のパジャマに身を包んだリューが、がっしりと俺に抱き着いている。

（少し苦しいが、さすがにもう慣れたな……）

寝室にはキングサイズのベッドが一つしかない。俺はシングルサイズのベッド三つを買おうと提案したが、二人は強硬に反対し、結局このキングサイズを買うことになったのだ。

「スラリン、リュー。おやすみ」

俺がいつものように「おやすみ」と言うと――おかしなことに返事がなかった。

「スラリン、リュー……？　……もう寝たのか？」

首を動かし、左右を確認すると――二人がジッと俺の方を見ていた。

「ねぇ、ジン……」

「ど、どうした、二人して……？」

その視線に少し動揺していると――。

「何か、悩み事があるんでしょ……？」

普段は仲の悪い二人が、こんなときだけ息ぴったりでそう言った。

「二人とも……どうしてそう思ったんだ？」

俺は率直（そっちょく）な疑問を口にする。

今までおかしな態度といったら、晩メシのときに少し回答に詰まったときぐらいのものだ。

それだって、ほんの小さな詰まり――そこから『俺が悩み事を抱えてる』ことを結びつけるのは難しい。

「そんなの、顔を見たらすぐにわかるよ」

「うん……帰ってきてから、ずっと変……」

「そうか……」

『ずっと変』とまで言われてしまっては返す言葉もない。

「極め付きは……晩ご飯……」

「そうだねー。夜、ジンがお酒を飲まないときは、決まって何か悩んでるときだもん」

「……なるほど」

自分の知らない癖を指摘され、少し気恥ずかしい思いになる。

「そうか……ばれてたか……」

俺が悩んでいること、喉に引っかかった魚の小骨のようにチクチクと胸を刺すもの——それは他ならない、あのエルフの村のことだ。

「何を悩んでいるかはわからないけど、ジンはジンが正しいと思うことをやればいいと思うよ」

「スラリンの言う通り……。ジンが暗い顔していると……私たちも悲しい……」

二人は俺が何に悩んでいるかを強引に聞き出そうともせず、優しくそう言ってくれた。

（全く、一家の大黒柱がこれでは駄目だな……。もっとしっかりとしないと……っ！）

ついにというか、ようやくというか——俺は決心を固めた。

「スラリン、リュー……」

「どうしたの、ジン？」

「ん……何……？」

突然名前を呼ばれた二人は、不思議そうに顔を上げた。

「——ありがとな。お前たちのおかげで、やっと気持ちが固まったよ」

「ふふっ、どういたしまして！」

「こちらこそ……いつもありがとう……！」

二人は無茶苦茶なことをして俺を困らせることもあるが、根は本当にいい子たちだ。恥ずかしいから面と向かっては言えないが、俺は——スラリンとリューが大好きだ。血こそ繋がっていないものの実の娘のように可愛がっている。

明日の行動方針が定まったところで、俺は明日以降の生活を——我が家の家計を考える。

（少し、貯金を切り崩す必要があるな……）

金貨五万枚は間違いなく大金だ。俺のポケットマネーだけでは到底足りない。老後のためにと貯めてきた貯金を切り崩す必要がある。加えて今まで以上にアイテムや食事を節約しなければならない。それにはスラリンとリューの協力が必要不可欠だ。

「なぁスラリン、リュー。一つ、お願い事があるんだが……」

「ふふっ、水臭いなぁ！　何でも言ってよ、どーんとこいだよ！」

「ジンの言うことなら……なんでも聞くよ……？」

全く……何て頼もしい返事だ。

「明日から、少しだけメシを減らしてもいいか？」

「『ごめん、それだけは無理』」

「……だよな」

（……働こう）

俺は強くそう決意した。

3 ハンターとしての誇り

翌日の昼ごろ、俺は突き刺すような太陽の光で目を覚ました。夜行性のスラリンとリューは、まだ俺の腕にくっついてスヤスヤと気持ちよさそうに眠っている。

二人を起こさないようにゆっくりとベッドから抜け出し、顔を洗い、歯を磨き、いつもの装備に着替える。

「何をするにしても、まずはアイテムを補充しないとな」

朝支度を終えた俺は、大倉庫へと足を向けた。

「ふむ、これとこれと……。あと、それからこれもか……」

エリクサーを一本と、普段はあまり持ち歩かない緑色のハイポーションを三本。その他、様々な戦闘向けのアイテムを袋に詰め込んでいく。

「――よしっと。これだけあれば、十分だろう」

これで万が一、ゼルドドンと遭遇した場合でも命を落とすことはない……はずだ。

（まぁ、狩りに『絶対』はないからな……）

そもそも俺は向こうの世界の生態系もモンスターもその習性も――何も知らない。

『最も厄介な敵は、未知のモンスター』とは、ハンターならだれでも知っている昔の有名な言葉だ。

（ルーラモスやトリラプテルといった一般によく知られた大型飛龍の討伐でも、Ｓ級クエスト扱いとなる。そしてゼルドドンは姿も形もその能力も、全てが不明の大型飛龍だ）

Ｓ級クエストを上回る、超高難易度モンスターであることは疑いようがない。どれほど装備を整えようが、油断や慢心は禁物だ。

しっかりと気を引き締めた俺は、大倉庫の最奥にある金庫の前に立つ。ダイヤル式の暗号を入力し、重く固い扉を開くとそこには――。あふれんばかりの金貨・銀貨が姿を現した。俺がコツコツと貯めてきた老後のための貯蓄、その全てである。

「金貨五万枚……か……」

それらを丈夫で大きな袋に詰めていく。

きっちり五万枚詰め終わる頃には、金庫の中はずいぶんと寂しくなってしまった。

「……重い、な」

物理的にも、そして何より精神的にも、この袋は重たい。

「――いいや、もう決めたことだ！」

スラリンとリューと食べるメシを楽しめないなんてことは、決してあってはならない。

重たい金庫の扉を閉め、大倉庫をあとにしようとしたとき、一つ忘れ物を思い出した。

「――おっと、危ない危ない」

うっかり帰還玉を忘れていた。

あの異世界からこちらの世界へと戻る手段が確立されていない現状、これは文字通り命綱となる。

俺は無くさないように、帰還玉をしっかりと懐に仕舞い込み――。

「さて、行くか……」

未練がましくも、いつもより少しだけ重たい足取りで例の落とし穴へと向かった。

■

金貨五万枚もの大金が詰まった大きな袋を手に持ち、落とし穴に飛び込むと――。

「ふむ……森だな」

やはりというか何というか。落とし穴の先には、昨日と同様に青々とした森が一面に広がっていた。さきほどまで周囲を彩っていた桜はどこにもない。それに穴に落ちたはずなのに、上を見上げても、ただただ青い空がどこまでも広がっているだけだ。全く不思議なものである。

「さて、エルフの村は……こっちだな」

難しいことは考えずに、俺は目的地へと足を向けた。

昨日元の世界に帰る手段を探して、丸一日この森を走り回ったので、大まかな地形は頭に入っている。脳内の地図を頼りに北へ北へと歩いていくと――前方から男の怒鳴り声が聞こえてきた。

「この怒鳴り声は……またあいつらか……」

おそらく昨日の連中が、再び借金の催促にでも来ているのだろう。

「まぁ、ちょうどいいか」

そのまま声の聞こえる方へ早足で向かうと、木の上にいくつもの家が見えた——エルフの村だ。

そしてその中心には、短剣や粗末な槍を持った十人の人間の男たちがいた。彼らにはそれしか芸がないのか、昨日と同様に怒声を張りあげ、エルフたちを恫喝していた。

「なんだってぇ⁉　リリィ様よぉ、もう一回言ってくれねぇかなぁ⁉」

「も、申し訳ありません……。これが……今この村にある全てのお金なんです……」

リリィの前には、少し——いやかなり控えめな量の金貨が置かれてあった。

「はぁ⁉　たった金貨千枚ぽっちって……なめてんのか、てめぇ⁉」

「も、申し訳ございません……っ」

相手が自分より弱い立場と思えばつけあがる。全くもって不愉快な奴等だ。不快な気持ちになりながら、男たちの方へ歩いていくと——。

「ジン……さん……？」

どこかから、俺の名を呼ぶ声が聞こえた。

見れば、エルフたちの中に、不安げな表情を浮かべるアイリとメイビスさんの姿があった。

(うっ……。少し気恥ずかしいな……)

昨日別れ際に『もう会うこともないだろう』と告げた翌日だ。何となく顔を合わせづらい。

彼女たちに軽くお辞儀をして、俺はそのまま村の中心へと歩みを進める。

そして人間の集団の先頭——派手な衣装を着た人一倍偉そうな男に問いかけた。

「——借金は確か、金貨五万枚だったたな？」

「あぁ、そうだっ！　今日という今日は耳を揃えて――」

「払おうじゃないか」

俺は持ってきた大きな袋を広げる。するとシャランシャランという軽い音と共に、まばゆい光を放つ大量の金貨が顔をのぞかせた。

「な……えっ……。は、はぁっ⁉」

まさか本当に金を用意してくるなど想像だにしていなかったのだろう。男は間抜けな声をあげてその場で大きな尻もちをついた。

「さぁ受け取れ、金貨五万枚だ」

男は目を白黒させながら、俺と目の前にある大量の金貨を交互に見た。

「お前その耳……エルフじゃねぇな？　いったいどこの何者だっ⁉」

「俺はジン。長年ハンターをやっているものだ」

名前など隠してもすぐにバレる。正々堂々と自らの本名を名乗った。

「ジン……？　どっかの王族や貴族……じゃねぇな。このあたりの有力者の名前は全部頭に叩き込んでいるが、そんな名前は聞いたことがねぇ……」

男は怪訝な目つきでこちらを見た。

「まぁ俺が誰であるかは置いておいて、金貨五万枚――きっちりと用意したぞ」

右手を突き出し、言外に借用証書を渡すように催促する。

「はっ……、こんなもん偽金に決まってんだろうがっ！」

男は立ち上がると、金貨を一枚手に取った。

「こうやってちょっと端の方を削ってやらぁ、すぐに金箔がはげるっ！」

そう言って手に持つ短剣で、金貨の端の方をガリガリと削っていく。

しかし――。

「はっ……はげねぇっ⁉」

(当然だ。金貨は金貨。どれだけ削ろうとも、どこまでいこうとも金だ)

目の前の五万枚が全て本物の金貨――それを正しく理解した男たちに大きな動揺が広がる。

「どうだ、本物だと理解してもらえたか？」

「お、お前はいったい何者だ⁉　こんな大量の金貨……いったいどこで手に入れた⁉」

『何者だ』と問われてもな……。どこにでもいるただのハンター、としか答えられないぞ。それとその金貨は俺のポケットマネーだ」

「ポケット……マネー……だとっ？」

男は一歩たじろぐと、すぐさま後ろを振り返り、連れてきた仲間たちと何やら耳打ちを始めた。

(なんの相談だ……？)

耳に意識を集中させ、会話の内容を少し盗み聞きさせてもらうと――どうやら『ハンターとは何か？』を仲間内で話しているようだった。

(エルフだけでなく、人間も『ハンター』を知らない……か)

これはもう確定してもいいだろう――ここが異世界である、と。

アイリたちが俗世と離れて静かに暮らす特異なエルフ族で、ハンターを知らなかった。これは一つの可能性として十分に考えられることだ。しかし、モンスターがあふれるあの世界において、ハンターを知らない人間などあり得ない。絶対にないと断言できる。

「さて、そろそろいいか？」

話の内容が筒抜けであるとしても、目の前でコソコソと内緒話をされるのは、気持ちがいいものではない。

「さぁ、借用証書を返してもらおうか」

俺は先頭の男が大事そうに持つ、一枚の羊皮紙に視線を移す。

「ま、待てっ！　先に金貨の枚数を確認させろ！　それにもし一枚でも偽金が混ざっていてみろ——わかってんだろうなぁ⁉　あぁっ⁉」

男は手に持つ短剣をこちらに向け、威圧するようにそう叫んだ。

「好きにするといい」

そのあと、彼らが金貨を数え終わるのを待つことしばし。

「ご、五万枚……。全部が本物……だと⁉」

男は呆然(ぼうぜん)として「これが、全て金貨……？」とつぶやいた。五万枚の金貨を用意してくるなんて、夢にも思っていなかったのだろう。

「どうだ？　満足したなら、そろそろ借用証書(それ)を渡して欲しいんだがな」

俺は三度目の正直とばかりに、再び催促する。

すると――。

「ちっ……勝手にしやがれ！」

男は苛立った様子で、借用証書を地面に投げつけた。

「ふむ、どれ……」

拾い上げ中身を確認する。『レイドニア＝バーナム四世』と『リリィ』という二人の署名があり、金貨五万枚という借金総額、担保としてエルフの森を差し出すという事項が記されていた。

「確かに頂戴した」

俺はそれを大事に懐へと仕舞う。

（それにしても思いのほか、物わかりのいい男だな……）

この手の輩は逆上して一暴れぐらいするかと思ったんだが、予想が外れてしまった。

「おいお前ら、今日のところは帰るぞっ！」

男は後ろに侍らせた九人にそう怒鳴りつけた。

「い、いいんですか、親分⁉」

「あの借用証書は、渡しちゃ駄目なやつじゃ……」

「おい……お前らも偉くなったもんだなぁ？　いったいいつから、俺に意見できる立場になったんだ……ぁあ⁉」

「「す、すんませんっ！」」

何とも不愉快なやり取りを終えた男たちは、ようやくエルフの村から移動を始めた。そしてその去り際に、親分と呼ばれた偉そうな男がこちらを振り返る。

「おい、お前――ジンとか言ったな？」

「……何だ？」

「――覚えてろよ？」

最後に何やら意味深なことを言い残し、ようやく彼らはエルフの森から去った。

「やれやれ……」

これ以上面倒くさいことが起きなければいいんだが……。

俺が一人、肩をすくめていると――。

「ジンさん！」

アイリが俺の元へ走り寄ってきた。

「アイリ、昨日ぶりだな」

「ジンさん、あのたくさんの金貨は……？」

すると挨拶もそこそこに、アイリが緊迫した表情であの金貨の出所を問うてきた。

「ん、あぁ……。全部、俺のポケットマネーだ」

「そんな、どうして……」

彼女は複雑な表情を浮かべたまま、そう呟いた。

俺の行動が理解できずに困惑しているのだろう。まぁ、それもやむないことだ。常識的に考えて、出会って一日二日の相手のためにあんな大金を使うわけがない。――たとえ酷い扱いを受けるエルフたちに同情したとしても。

「なんというか……昨日のことがどうにも気にかかってな……。メシがまずいこととまずいこと……」

そう、これは俺が俺のために行ったただの自己満足に過ぎない。

俺にとって一日に三度食うメシは本当に大事なんだ。

何より、家族と——スラリンとリューと食べるメシを楽しめないなんてことは、絶対にあってはならない。

「んー、これでようやくまたうまいメシが食える！」

肩の荷が下りたような、爽快感が全身を包む。

明日からまた馬車馬のように働かなければならないが、それもまぁいいと思えるぐらいだ。

「こんな大きな恩を……いったいどうやってお返しすれば……」

深刻な表情を浮かべるアイリに、俺は優しく微笑みかける。

「別に恩なんて感じる必要ないぞ。俺はただ自分が正しいと思うことをやっただけだからな」

これは昨日のスラリンから送られた言葉だ。

そうやって俺がアイリと話し込んでいると——。

「あ、あなた様はいったい……？」

リリィさんが声をかけてきた。

「初めまして、リリィさん……ですよね？　俺はジン。長年ハンターをしているものです」

どう見ても俺よりも年下に見えるが、相手はおそらくエルフ族の長。一人の大人として、ここはきちんとした敬語を使うべきだろう。

「も、申し遅れました。私はエルフ族の族長――リリィと申します。ジンさん、先ほどは借金の肩代わりをしていただき、本当に……ありがとうございました」

リリィさんは深く腰を折って、感謝の意を伝えてきた。

「あぁ、いや気にしないでください。俺は本当にただ自分のやりたいようにやっただけですから。もちろんお金は返さなくてもけっこうですよ。おっと、そうだこれをどうぞ」

忘れないうちに、俺は借用証書をリリィさんに手渡した。

しかし――。

「あ、あんな大金をただでもらい受けることなんてできませんっ！」

リリィさんは頑なにそう主張し、借用証書を受け取ろうとはしなかった。

「まぁまぁ、そう言わずに。受け取ってもらえないと俺が困ってしまいますので」

『俺が』というよりも、『俺のメシ事情が』大変困る。

するとようやく観念してくれたのか、リリィさんが震える手で借用証書を受け取ってくれた。

「本当に、本当によろしいのですか……？」

「ええ、どうぞ」

既に金は支払ったのだ、受け取ってもらえない方が困る。

「……本当にありがとうございます。この御恩は、一生忘れません……っ」

「いえいえ、助けになれたならよかったです」

彼女があまりに思いつめないように、俺はニッコリと笑いかけた。

「ジンさん……五万枚には遠く及(およ)びませんが、せめてこちらをお納めください」

リリィさんの視線の先には、先ほど村中から集めたと言っていた金貨千枚があった。

「いいえ、その金貨は村の復興のために使ってください」

「そ、そんな……っ⁉」

気持ちは嬉(うれ)しいが、このお金を受け取るわけにはいかない。

今回の金貨五万枚は、ただ急場をしのいだだけに過ぎない。エルフの村の窮状(きゅうじょう)は、何ら解決していないのだ。今後彼らは森を出て自分たちで新たな狩場を見つけるか、肉を入手可能な交易ルートを見つける必要がある。この金貨はその路線を開拓するために使用するべきだ。

（さてと……これでこの不思議な異世界でやるべきことは全て終わったな）

あとは元の世界に戻って、がむしゃらに働くだけだ。

「それじゃ、俺はこれで」

懐にしまってある帰還玉に手を伸ばしたそのとき――。

「お待ちくださいっ！」

「待ってください！」

リリィさんとアイリが口をそろえて、俺を呼び止めた。

「えっと……二人してどうしました？」

二人は何やら目配せをしたあとに、リリィさんが代表して口を開く。

「ジンさん、せめて……せめて感謝の宴を開かせてはいただけませんか？」

「う、宴……？」

突然の提案に俺は、どうしたものかと考える。これ以上この世界にいて、面倒なことに巻き込まれるのは勘弁だ。しかし、彼女のせっかくの好意をふいにするのもまたどうかと思われた。

「ふむ……」

どちらにしようか、決断しかねていると――。

「ジンさん、私からもお願いします」

アイリが俺の手をとってそう言った。

そしてそれに続くように――。

「ジンさん、俺たちからも頼むよ！　せめて感謝の宴を開かせてくれっ！」

「そうでもしないと、心から喜べないですよ！」

「お願いです、ジンさんっ！　今日一日だけ、私たちに時間をくださいっ！」

大勢のエルフたちが、張り裂けんばかりの声で叫んだ。男も女も小さな子どもまでもが、俺の名前を大声で呼んでいる。

（ここまでされて、断るわけにはいかないな……）

俺はリリィさんの方へ向き直る。

「では、お言葉に甘えさせていただきます」

「はいっ、ありがとうございますっ！」

そしてその日は、本当に盛大な宴が開かれた。

エルフ族伝統の舞踊に音楽。先祖代々伝わるという宝物を使った儀式。

どれも大変興味深い、様々な催し物が開かれた。

そして昨晩メイビスさんから振る舞われたような、見たこともない果実を使った多種多様な料理が振る舞われた。それからエルフ族が好んで飲むという独特な味のする酒を、大勢のエルフたちと飲み交わした。

（……やはり俺の選択は間違っていなかった）

悪い人間から解放された喜びを、エルフたちはみんなで分かち合っている。嬉し涙を流すもの、感極まり大声をあげるもの、家族で共に抱き合うもの。

そこにはかつての悲惨な——希望も救いもない、絶望に包まれたエルフの村はない。

（よかった……）

俺はエルフから振る舞われた料理にかぶりつき、続いてゴクリと酒を飲んだ。

（あぁ、うまい……。やはりメシは、こうでなくてはな……）

その宴は深夜遅くまで続き、そしてその翌日——。

エルフの森が燃やされた。

■

「起きろ、火事だぁっ！」

日が東の空からようやく顔を見せようかという早朝に、男のエルフの声が響き渡った。

「……火事？」

広場の中央で大の字になっていた俺は、その大声によって目を覚ます。

二日酔いによる頭痛に苦しみながら、体を起こすと――。

「……おいおいマジかよ」

エルフの森が盛大に燃えていた。

火の手は今もどんどん広がっており、一刻も早く避難しなければならない状況だ。

「ひどい……誰がこんなことを……」

俺の近くにいた一人のエルフがそう呟いた。

（……気持ちはわかるが、今は犯人探しをしている時間はない。すぐにでも森から離れるべきだ）

俺が大声をあげ、避難指示を出そうかとしたそのとき――。

「みな、水の精霊に祈りを捧げるのですっ！」

エルフ族の族長――リリィがエルフ全員に指示を飛ばした。

「「「はいっ！」」」

そこからの彼らの動きは迅速であった。

両手を組み合わせ、天に祈るような姿勢をとったかと思うと――。

「「「〈恵みの水〉っ！」」」

次の瞬間、その手の先から勢いよく水が噴き出した。

「ほぅ……実に、興味深いな」

あれがアイリの言っていた『魔法』という奴か。

（いや、それにしても不思議な力だ。何もないところから、次から次へと水が生まれていく）

ハンターが水を生み出す際は、水龍の素材を使った武器を用いるのが一般的だ。彼らが今やっているように、何もないその身一つの状態から、水を生み出す技術を俺は知らない。

（しかし、あの量では……足りない……）

エルフたちの懸命な消火活動を嘲笑うかのように、火は鎮火していくどころか、どんどんその勢いを増していった。

「くっ、火の手が速いか……っ!?」

「くそ、消えろ消えろ消えろ……消えてくれっ！」

「もっと……もっと祈りを捧げるんだっ！」

エルフたちの悲痛な叫びが各地から飛び交う中――。

「……全員、ここより避難してください」

リリィが沈痛な面持ちで、そう告げた。

「り、リリィ様!?　それはこの森を捨てろということですか!?」

幾人かのエルフたちが、リリィさんの判断に異を唱えた。

「火の勢いが止まらない以上――エルフの森は、もう終わりです。せめて怪我人が出ないように、迅速な行動を取るべきです」

しかし、リリィさんの決心は固く、その主張を曲げることはなかった。一族のことを第一に考える族長として、彼女の素早い判断は素晴らしいものだ。

(だが、少し待って欲しい)

水龍の素材を使用した武器も、彼らのような魔法という不思議な技能を持たない俺だが、これぐらいの火を消すことならできないこともない。

俺はある許可を得るために、リリィさんの元へ足を向ける。

「リリィさん、少し森を痛めても構わないなら、火を消すことができるかもしれません」

「ほ、本当ですか、ジンさん!?」

彼女は目を大きく見開き、俺の次の言葉を待った。

「えぇ。ここから北東に行ったところに、大きな湖があるのは知っていますか？」

昨日、帰る手段を探していた時にたまたま見つけた大きな湖のことだ。

「は、はい。私たちが普段飲み水として、使っているオケアの湖のことですね。ですが、それがどうかしましたか？」

リリィさんは、困惑している様子で首を傾げた。

「あそこの水を少し使わせていただきたいのですが……よろしいでしょうか？」

「み、湖の水を……？」

「はい」

「も、もちろんそれは構いませんが……」

「ありがとうございます。では、このあたりは少し危険になりますので、すぐに避難を始めてください」

「じ、ジンさんはどうなさるのですか？」

「すみません、あまり詳しく説明をしている時間もなさそうなので……」

俺は視線を、今もなお燃え広がり続ける炎へと移す。このままここで棒立ちしていては、逃げられるものも逃げられなくなってしまう。

「っ、そ、そうですね。お願いをしてばかりで、大変心苦しいのですが、どうか……このエルフの森をよろしくお願いします」

彼女の願いを受けた俺は、強く頷（うなず）く。

「ええ、任せてください。リリィさんは、皆さんの避難誘導をお願いします」

俺はそう告げると、彼女の返事を待たずして、そのまま北東へとひた走る。するとその数分後に大きな湖――オケアの湖に到着した。

「よし、ここだな」

目的地に到着した俺は、少し助走をつけ、湖へと飛び込んだ。

そしてそのまま湖の底まで泳いでいく。

（水深だいたい三十メートル……と言ったところか。水の量もこれだけあれば十分だ）

湖の底についた俺は水中で軽くストレッチをし、一つ気合いを入れる。

（……やるか）

あまりグズグズしている時間はない。エルフの避難も既に完了しているはずだ。

背負っている大剣を手に取り、大きく振りかぶる。

（力の入れ具合は、だいたいこんな程度か……？）

俺は今年で三十五歳を迎えるおっさんだが、腕力には少々自信がある。敏捷性や体力は衰えが見え始めているが、腕力だけは、まだまだ若い者に負けるつもりはない。

（南西の方角……。距離は三十、いや三十五か……）

しっかりと方角と距離を確認し――。

（ふんっ！）

大剣を空に向かって、力強く振り上げた。

すると次の瞬間――凄まじい衝撃波が発生し、それに押し出された水が湖を飛び出し、天高く舞い上がった。

（方角よし、距離よし……手ごたえありだ）

しっかりとした感覚を、手ごたえを掴んだ俺は――。

（ふんっ！　――ふんふんふんふんふんふんふんふんふんふんっ！）

大剣を何度も空に向かって振り回し、湖の水を次々と天高く打ち上げていく。

それを数十回こなしたところで、ようやくその手を止めた。

（……ふぅ。これぐらいでいいかな）

俺は大剣を再び背負い、湖から上がる。

「ふむ……。まぁこんなところか」

湖の水位はずいぶんと下がってしまったが、エルフの森を焼く悪しき炎は、全て消火することに成功した。

一仕事を終えた俺は、ひとまずエルフの村へと戻る。

するとそこには、不安げな表情で空を見上げるエルフたちの姿があった。おそらく晴天にもかかわらず、突然降った謎の大雨に驚いているのだろう。

その中でいち早く、俺の姿を見つけたアイリが駆け寄ってきた。

「じ、ジンさん、今の大雨はいったい……？」

不安げな表情を浮かべる彼女を安心させるために、俺はすぐにあの雨の正体を教えた。

「安心しろ、アイリ。あれは全て湖の水だ」

「み、湖の水っ⁉　あの雨が全てですか……っ⁉」

「あぁ、そうだ」

その答えを聞いたアイリはしばらく考え込む。

「いったいどんな方法で……。……はっ⁉　やはりジンさんは、伝承に伝わる大賢者様なんですねっ⁉」

そして点と点が繋がったような、何かとんでもない真実に気付いたような顔でそう言った。

「いやいや、違う違う。前にも言ったが、俺はそんな大層なものじゃない」

どちらかというと大賢者と正反対に位置する存在だろう。

そして冗談もほどほどに、俺は横目でエルフの森の状況を見ながら、謝罪の言葉を述べた。

「しかし、すまないな……。ずいぶんと森を荒らしてしまった……」

あれだけ大量の水が短い時間・ごく狭い範囲に、文字通り滝のように降り注いだのだ。当然、森にも大きな被害が及ぶ。四方へ張り巡らされていた枝は折れ、青々と茂っていた葉もほとんどが落ちてしまった。

俺の謝罪に対して、アイリはすぐに首を振った。

「いいえ、ありがとうございました、ジンさん。おかげで木は――森は死なずにすみました。ほら、あちらを見てください」

アイリの視線の先には――傷つきボロボロになったいくつもの木が立っていた。

「確かにエルフの森は、今までにないほどに衰弱しています。でも、少し燃えてしまった木も、枝が折れて葉っぱが落ちてしまった木も――みんな、生きています」

「……そうだな」

水の暴力におそわれたエルフの森だったが――たったの一本さえ、倒れた木はなかった。今も木々たちは大地にしっかりと根を張り、傷を負いながらも、しっかりと真っ直ぐ立っていた。

自然の強さ、たくましさに感心していると。

「それにしても、いったいどこから火が……？」

一人のエルフがポツリとつぶやいた。

（ふむ……それは確かに俺も気になっていたところだ）

エルフたちは、その一生をほとんど森で暮らす。そのため、木々や森の天敵とも言える『火』に対して強い警戒心を持っているのだ。

（昨日は盛大な宴があって、俺も含めて多くのものが酔いつぶれていた……）

酒で気が緩んだのか……？

いや、それは考えにくい。細胞にまで染み込んだ、彼らの『火』への警戒が悪酔いした程度で薄れることはないだろう。

「……レイドニア王国の奴等だ」

初めに火事に気付き、大声で『起きろ、火事だぁーーっ！』とみんなに知らせてくれたエルフが、絞り出すような声でそういった。

「そ、それは本当ですかっ⁉」

リリィがそのエルフに、慌てて真偽を確認する。

「はい、間違いありません……。今朝、いつものようにオケアの湖に水を汲みに行ったときに、はっきりとこの目で見たんです。——昨日村にきていた人間が、この森に火を放つところをっ！」

その瞬間、エルフたちに大きな動揺が広がった。

「そ、そんな……っ」

リリィさんもアイリもメイビスさんも、みなが呆然とする。五万枚という超多額の借金を返済し、ようやく人間の支配から解放されたと思った矢先に——これだ。言葉を失うのも、無理もない。

「畜生……っ！　レイドニア王国め……っ！　俺たちに何の恨みがあるっていうんだっ！」

「うぅ……、何でどうして、こんなひどいことを……っ」

「くそ、くそくそくそくそぉーーっ！」

エルフたちの悲痛な叫びがあちこちから漏れ出した。昨日の楽しい雰囲気は一瞬で消し飛び、今や強い憎しみと悲しみ、そしてレイドニア王国へ対する敵意がこの場を完全に支配していた。

そんな中、俺は昨日の男が去り際に残した言葉を思い出し、一人納得する。

「なるほどな、アレはそういうことか……」

あの偉そうな男が残した『――覚えてろよ？』とは、こういうことだったというわけだ。元々彼らはエルフを見逃す気などない――利用するだけ利用して、邪魔になったらポイっと捨てる計画だったのだろう。

それにしても――。

「……ずいぶんと舐めた真似をしてくれるじゃないか」

珍しく、俺はハラワタが煮えくり返る思いをしていた。

「ここまで面と向かって、喧嘩を売られたのはいつぶりだろうな……」

俺の体から吹き荒れる凄まじい怒気に、村は一瞬にして静寂に包まれた。

（『ハンターのものに手を出してはならない』――子どもでも知っている、俺の世界の常識だ）

そもそもハンターとは『狩る者』を意味する。そのターゲットは、モンスターや財宝など多種にわたり、命がけの仕事も多く、『変人奇人の巣窟』『命知らずの馬鹿』と揶揄されることもある。そんな素性も目的も価値観も――何もかもがバラバラなハンターだが、たった一つだけ共通して持つ性質がある。それは――強い独占欲を持つということだ。

「成り行きとはいえ俺が守ったものに――ハンターのものに手を出すとはいい度胸だ……」

俺は厄介事や面倒事が大嫌いな、どこにでもいる冴えないただのおっさんだ。しかし――まごうことなきハンターである。

「ハンターのものに手を出すと、どういう目に遭うか――その身に教えてやろうじゃないか」

俺は身の丈ほどもある愛用の大剣を強く握り締め、レイドニア王国への報復を決意する。

「――アイリ、レイドニア王国には、ここからどう行けばいいんだ？」

俺はまだエルフの森から出たことがない。報復しようにも場所がわからなければ、どうしようもない。

「レイドニア王国への道ですか？　まずはここから真っ直ぐ北へ向かって、それから三角岩が見えたところで右へ曲がります。そのあとは――」

「そ、そうか……」

思ったよりも、ずいぶんと複雑な経路だった。そんな一度に物を覚えられるようには、おっさんの脳みそはできていない。ただでさえ最近は、物忘れをするようになっているというのに。俺は仕方なく、少し質問を工夫してみた。

「すまない、方角的にはどっちになる？」

「方角でいいますと……ちょうど真東になります」

よし、方角さえわかれば、もうこっちのものだ。あとは獣道だろうが、川があろうが、モンスターがいようが、ただひたすらに真東へと進めばいずれは到着するだろう。

「そうか、ありがとう」

アイリにお礼を伝え、レイドニア王国へと足を向けると――。

「じ、ジンさん……？　どちらへ行かれるおつもりですか……？」

「もちろん、レイドニア王国だ」

そのために場所を聞いたんだからな。

「む、無茶ですよっ！」

するとアイリは顔を青くして、そう言った。

「そう心配してくれるな。俺はただ常識知らずたちに、少しお灸を据えに行くだけだ。すぐに帰ってくる」

「危険過ぎますっ！　レイドニア王国には、武装した屈強な衛兵がたくさんいます。それに何より、強力な魔法を操る魔法部隊がいます」

「ほぅ……」

（屈強な衛兵とやらは問題なさそうだが、その魔法部隊とやらには注意が必要だな……）

そもそも俺は魔法の何たるかを知らない。何なら、今日エルフたちが消火に使った水の魔法を見たのが初めてだ。

しかし、俺の意志は変わらない。

おっさんとなり、昔と比べるとずいぶん丸くなった俺だが。そんな俺に残されたなけなしのプライド——ハンターとしての誇りを傷つけられたのだ。黙っているわけにはいかない。

「アイリ、忠告ありがとう。気を付けて行くことにするよ」

彼女に礼を言い、俺は真東に——レイドニア王国へ向かう。

「そ……それにっ！　真東には、大きな毒沼だってあるんですよっ⁉」

（毒沼か……普段ならば、厄介だと思うところだが……）

今日の俺は備えが違う。

低位の赤いポーションのみならず、緑のハイポーションを三本も持参してきている。毒沼程度では止まらない。

「そうか、まぁ、何とかしてみるさ」

俺の答えを聞いたアイリは、心の底から困った顔をして——そして何かを決心したかのように、強く頷いた。

「ジンさんのお気持ちは、よくわかりました……。それでは、せめて私が安全な道を案内させていただきます」

「おぉそうか、それは助かるな」

これでポーションの無駄遣いをしなくてすむ。

「その代わり……を要求できる立場でないことは、よくわかっています。ですから、これは私の勝手なお願いです。どうか——絶対に無理だけはしないでください」

……優しい子だ。

「あぁ、わかった。約束しよう」

俺は彼女を安心させるように、ニッコリと笑いかけた。

■

そのあと、アイリに道案内をお願いし、右へ左へと歩くことしばし。

「おっ……見ろ、アイリ。あそこに、ちょうどいい大きさの岩があるぞ」

進行方向右手に、手頃なサイズの岩を見つけた。

(高さ三十メートル、幅二十五メートル、奥行き二十メートル……ってところか)

「ちょ、ちょうどいい……？」

彼女は少し顔を引きつらせながら、岩を下から上へと見上げた。

「あぁ、中々に良い感じだ。ところで、あの岩は使ってしまっても大丈夫なものか？」

俺は念のために、アイリに確認を取る。

エルフは人間とは異なり、独自の文化や価値観を持っている。俺から見れば、ただの岩でも彼女たちエルフ族からすれば先祖代々伝わる大事な岩という可能性もある。よそ者であり、この世界のエルフについてよく知らない俺が、エルフの森にあるものを勝手に使うことは、褒(ほ)められたことではない。

「岩を、使う……？　え、ええ、もちろん構いませんが……」

「そうか――それじゃ、ありがたく使わせてもらう」

俺は背にある大剣を手に持ち、それをぐっさりと岩に突き刺す。そして次に大剣をぐっと持ち上げて――。

「――よっと」

岩を地盤ごと引き抜いた。

「え、え……えぇぇぇぇえええええっ⁉」

アイリは少し驚いたのか、その場でペタリと尻もちをついてしまった。

「すまない、少し驚かせてしまったようだな」

俺は謝罪をしながら、彼女の方へ空いている左手を伸ばす。

「少しというか……いえ、何でもありません。ありがとうございます」

彼女は何か言いかけた言葉を飲み込み、俺の手をとって立ち上がった。

そのあと、二、三度大剣を振り、岩に付着した土を払う。

「さすがに手ぶらで行くというのも……な？」

訪問先には手土産を持っていくのが、大人のマナーだ。

「さてさて、喜んでくれると嬉しいんだが……」

そのあと、俺たちは再びレイドニア王国へ向かった。

「その……ジンさんは、本当に人間なんですか……？」

「急にどうしたんだ？　そんなの見ればわかるだろう……？」

「……すみません、今ちょっとわからなくなってきました」

■

レイドニア城の最上階に位置する王の間。

ここでは今、国王レイドニア＝バーナム四世と、エルフ族から借金の回収を任された偉そうな一人の男が密会をしていた。

「それで、ちゃんとエルフの森は燃やしてきたんだろうな？」

「ええ、もちろんですよ、陛下。あそこまで燃え広がった火は、もはや誰にも止められません。ふふっ、今ごろ奴らは絶望のどん底にいることでしょう」

「はっはっは、そうかそうか、それはいい！」

バーナム四世は今日、非常に機嫌がよかった。

彼は最初からエルフが金貨五万枚もの借金を返済できるとは思っていなかった。そもそも借金のほとんどは、法外な利率で膨れ上がった利息部分だ。

「それがまさか、本当に返済してくるとはなっ！　ぐはは、笑いがとまらんわっ！」

そんな架空の借金を、突如現れた謎の男が一括返済してきたのだ。当然、レイドニア王国は大きく国力を高めることになる。バーナム四世の機嫌がよくなるのも自然なことだ。

「結局、最後の最後までそいつの素性は不明でしたが……本当に呆れ返るほど馬鹿な男ですねぇ」

「「はっはっはっはっ！」」

二人が和やかにそんな話をしていると――。

「て、敵襲っ！」

王の間に、一人の衛兵が駆け込んできた。

「ふはは、どうした？　馬鹿なエルフどもが、ついに攻めてきおったか？　返り討ちにして、今度は奴隷として飼ってやろうか！」

「陛下、それは素晴らしいアイディアですね」

「ふふふ、そうだろうそうだろう？」

楽し気に話す二人とは、正反対に衛兵の顔色は優れない。

「い、いえそれがその……」

「あ？　なんだ、さっさと言わんか！」

歯切れの悪い衛兵の対応に、気の短いバーナム四世がいら立ちを見せた。

「て、敵は一人、いや二人……です」

「二人……？　いったいどういうことだ、詳しく説明しろ」

エルフが玉砕覚悟で攻めてくるならば、二人なんて数ですむわけがない。

「は、はい、それが――」

衛兵が口を開きかけたところで――。

「へ、陛下ぁあああっ！」

つい先日エルフ狩りを行い、アイリを追いかけまわした二人組の男が、王の間へと飛び込んできた。

「ちっ……何だ、次から次へと騒がしいっ！」

「あ、あ、……あいつですっ！　ゼルドドンをぶっ殺した化物がついに現れましたっ！」

「はぁ……。お前という奴は、まだそんなことを言っていたのか……」

バーナム四世はかわいそうなものを見る目でその男を見る。

「い、今すぐ、降伏しましょうっ！　あれは人間の皮をかぶった化物ですっ！　絶対に手をだしちゃ、いけねぇ奴なんですよっ！」

ひどく慌てる男に、バーナム四世は呆れて何も言うことができなかった。

しかし――。

「へ、陛下……恐れながら、私も降伏することを具申致します……」

先日、彼に失笑を送った衛兵が――今度は王の意に反してまで『降伏すべきだ』と主張した。

「あ……？　お前までいったい何を言っている！」

「も、申し訳ございませんっ！　出過ぎた真似を致しましたっ！」

衛兵はすぐさま敬礼をし、王への忠誠を示す。

「……全く、どいつもこいつもっ！　いったいどうしたというのだっ！　おい、その敵とやらはどこから来ているんだ⁉」

「こ、こちらです、陛下」

衛兵の先導により、バーナム四世はテラスへと足を運んだ。

「こちらをどうぞ」

「ふんっ……」

バーナム四世が衛兵から手渡された望遠鏡をのぞくと――。

「……なんだ、あれ？」

どういうわけか、山のように巨大な岩が――真っ直ぐこちらへと向かってきていた。

アイリの道案内のおかげで無事にレイドニア王国へと到着すると——武装した多くの衛兵たちに出迎えられた。彼らは、その手に剣やハンマー、槍にこん棒など様々な武器を持っている。彼らの内の半分が敵意のこもった鋭い視線をこちらに向け、もう半分は不安げな表情でこちらを——主に大剣に突き刺さっている岩を見ていた。

（魔法部隊とやらは……あれか？）

武装した衛兵の背後に、黒装束に身を包んだ人々が立っていた。これから戦いに臨むというのに、武器一つ持っていない彼らは、この場において非常に浮いた存在だった。

「じ、ジンさん……っ」

こんな大勢から敵意を向けられる状況には慣れていないのだろう。震える声でアイリがそうポツリと俺の名をつぶやいた。

「大丈夫だ、アイリ。俺がちゃんと守るから」

優しく声をかけ、彼女を背に隠すようにして一歩前に出る。

すると——。

「貴様が、ジンとやらか……？」

武装した衛兵たちの先頭に立つ男が、俺の目を真っ直ぐ見たままそう言った。その男は大きく盛り上がった筋肉に、スキンヘッド。背に俺と同じように大剣を背負い、その頭にはモンスターに襲われたのか、大きなひっかき傷があった。

「あぁ、そうだ」

「そうか、俺の名はロンゾ。本件の総指揮を任されている」

手短にそれだけ伝えると、ロンゾは背の大剣を手に取った。それにならって、彼の周囲の衛兵たちも武器を構える。

「おっと、少し待ってくれ」

右手を前に突きだし、制止の声をかける。

「……なんだ」

ロンゾは姿勢を低くしたまま、口だけを動かした。……今から攻め込む俺が言うのもなんだが、少し警戒し過ぎではないだろうか？

「確認しておきたい。エルフの森に火を放ったのは、お前らで間違いないな？」

「あぁ……。それがどうかしたか？」

「いやいや、ただ確認したかっただけだ」

ひと暴れしたあとに『人違いでした』では、シャレにならないからな。

「最後に一つ――それだけ準備が整っているということは……市民の避難は既に完了していると考えていいんだな？」

「当然だ。巨大な岩を持つ化物が見えたんでな、すぐさま緊急警報を鳴らせてもらったよ」

化物とはひどい言われようだな……。こんな岩なら、スラリンでも軽く持ち上げられる。まぁ、それはおいておくとして――。

「そうかそうか、それを聞いて安心した」

ホッと胸をなでおろす。無闇な殺生はあまり好きではない。

俺はどちらかというと、ハンターの中でもいわゆる『穏健派』と言われる部類に入る。俺はただ『奪われたものを奪う』だけだ。

「さて――それじゃ、始めようか」

俺は開戦の狼煙をあげるために、大剣を大きく後ろに振りかぶる。

「く、くるぞっ！　総員、回避に集中しろっ！」

ロンゾの野太い声が響き渡り、衛兵たちに一際大きな緊張が走る。

しかし、安心するといい。別にこれはお前たちにぶつけるために、わざわざ持ってきたのではない。そう、ほんのちょっとしたお土産だ。

「そらよっとっ！」

俺が勢いよく腕を振り下ろすと――大剣に刺さった岩は、その速度に耐え切れず、王国の中心に見える大きな城めがけて一直線に飛んでいった。

「なっ⁉」

すると次の瞬間――耳をつんざく凄まじい破砕音と共に、城が木っ端みじんにはじけ飛んだ。

「ストライク――という奴だな」

我ながら中々に正確なコントロールだ。

俺が瓦礫の山となった城を満足気に眺めていると――。

「あっ……、あぁ……」

幾人かの衛兵たちが腰を抜かし、その場で動けなくなっていた。

「ひ、怯むな！　――第一射、放てぇぇぇぇぇぇっ！」

ロンゾが野太い声で号令をあげた、その数秒後――彼の背後に位置する物見台から、大量の矢が射られた。

一目見て数えるのが馬鹿らしくなるほどの量だ。

「い、いや……っ」

背後に立つ、アイリからそんなつぶやきが聞こえた。

(アイリの言う通りだ……。確かにこれは、いやになってしまう……)

矢の数は多い。俺の予想をはるかに超える数だ。そこは認めよう。しかし――。

(……何をふざけているんだ、こいつらは？　もしかして、俺を馬鹿にしているのか？)

圧倒的に速度が足りない。

俺が無造作に大剣を一振りすると、その風圧に負けた矢はあちらこちらへと散ってしまった。

「なにっ⁉」

それを見た衛兵たちから、驚きの声があがる。

『なにっ⁉』は、こっちのセリフなんだけどな……。

仕方なくお手本を見せてやるために、足元に転がる一本の矢を手に持つ。

「矢を射るときは、もっと力を込めるんだ。ちょうど——こんな風に、なっ」

しっかりと力を込めて、物見台めがけて矢を投げつける。

すると矢は素手で放った割には、まだまともな速度で飛んでいく。

そして俺が適当に投げた一本の矢は——ものの見事に物見台を吹き飛ばした。

「う、うわぁあああああっ⁉」

物見台の上で次の矢の準備をしていた衛兵たちが、ボロボロと地面に落ちていく。

(しまった、少し力を込め過ぎたか……?)

かなり加減をしたつもりだったが……。ここ二日ほどクエストを受けていないからか、体のキレが悪い。自分が頭で思い描く動きと、実際の動きに微妙な差が生まれている。

(しかし、あんなちんけな矢、一本で壊れるとは……)

この世界はあまり建築技術が進んでいないのだろうか……?

「な、なぁ……あいつは今、いったい何をしたんだ……?」

「何かを……投げた……?」

「ま、全く見えなかった……」

俺がこの世界の建築技術に考えを巡らせていると——。

「くっ、魔法部隊、強化魔法を俺たちに——最前線の衛兵たちにかけろっ！　今すぐにだっ！」

ロンゾが背後に控える黒装束に命令を飛ばした。

（やはりあの黒装束たちが魔法部隊か……。それにしても『強化魔法』？　言葉通り受け取るなら、何かを強くする魔法ということか……？）

いや、実に興味深い。

俺は少々目を凝らして、衛兵たちを観察する。

すると――。

「〈筋力強化(パワー・ストレングス)〉」

「〈敏捷性強化(アジリティ・ストレングス)〉」

「〈防御強化(ディフェンス・ストレングス)〉」

黒装束の男たちがブツブツと何かを呟(つぶや)いた次の瞬間、不思議な緑の光が武装した衛兵たちを包み込んだ。

（ふむ……なんとも不思議な光景だな）

一部のモンスターたちは、餌(えさ)である動物をおびき寄せるために光を放つが、人間が光っているのを見るのはこれが初めてだ。

「――よしっ！　お前たち、武器を構えろっ！」

ロンゾが士気を高揚させるために、大きな声で勇ましく命令を下すが――衛兵から返ってくる声はまばらで、どこか弱々しさを感じさせた。

「お前たち、何を怖気(おじけ)づいているっ⁉　どれほどの馬鹿力であろうとも、しょせん敵は一人っ！

数の利はこちらにある――俺に続けぇえええええっ！」

そう言うとロンゾは獣のような雄叫びをあげながら、真っ直ぐ俺の方へと突き進んできた。右手には粗野な大剣がしっかりと握り締められている。

（正面突破か、嫌いじゃないな）

俺もモンスターを狩るときは、基本的にいつも真っ向から正々堂々と挑む。

ロンゾの雄叫びと、その決死の突撃に勇気づけられたのか、衛兵たちも次々に雄叫びをあげ、俺に突進してきた。

「う、うぉおおおおおっ！」

うんうん、その意気だ。俺とて無抵抗の衛兵を一方的に攻撃するのは、さすがに少し気が引ける。

別世界とて、彼らは俺と同じ人間なんだから。

そうして温かい目で、衛兵たちを見ていると――。

「どこを見ているっ！」

眼前に、ロンゾの姿があった。

右手は既に大剣を振りかぶっており、あとは力いっぱい振り下ろすだけだ。一方の俺はいまだ背に大剣を背負ったまま――状況は圧倒的に不利だ。

「もらったぁあああああっ！」

「――よっと」

俺はロンゾが大剣を振り下ろすのよりも早く抜刀し、刹那の内に切りかかった。

「が……はぁっ⁉」

ロンゾは遥か後方にある建物まで吹き飛び、激しく背中を強打した。

「ばけも、の……め……っ」

それっきり、彼はうめき声すらあげなくなった。かなり手心を加えたので、死んではいないはずだ。

「ろ、ロンゾ、様……？」

「ジンさん、す、すごい……っ！」

衛兵たちは呆然とその場に立ちつくし、信じられないといった表情でピクリとも動かなくなったロンゾを見つめる。

「さぁ、お次は誰だ？」

そう言って大剣を衛兵たちの方へ向けると――。

「う、うぅおおおおおおおおっ！」

やけくそになったのか、多くの衛兵が遮二無二突撃してきた。

「ロンゾ様の敵ぃいいいいっ！」

先のロンゾとかいう男は、どうやら部下からの信頼が厚かったようだ。衛兵たちは目を血走らせながら、鬼気迫る勢いで追い迫った。

（いや、別に殺してないけどな……）

俺の目的は『破壊』だ。別に誰それの命を取りにきたわけではない。

彼らの繰り出す攻撃を軽くかわしながら、すれ違いざまに一人に一撃ずつ加えていく。

「――そらよっと」

「く、そ……っ」

合計七十五人の意識を刈り取ったところで、ターゲットを残りの衛兵たちに移す。彼らは最初の一撃となるお土産――岩の投擲(とうてき)――で戦意を失い、その場に崩れ落ちたものたちだ。

俺が彼らの方へ歩みを進めると――。

「ひ、ひぃいいいいいいいっ⁉」

彼らは背を見せ、脱兎(だっと)のごとく逃げ出した。

「まぁ……いいか」

逃げる衛兵たちまで狩る必要はないだろう。俺は何も彼らをいじめに来たわけではないのだから。

「それじゃ、次は――お前たちだな」

俺の視線を受けた魔法部隊の男たちに、大きな動揺が広がる。

「くっそぉおおおっ！　〈赤き火よ(レッド・ファイアー)〉っ！」

すると次の瞬間、男の手のひらから握りこぶしほどの火の塊が発射された。

速度はたいしたことないが、先ほどの腑抜(ふぬ)けた矢よりは十分速い。俺はそれを紙一重で避けながら、『魔法』という不思議な力をじっくりと観察する。

（ふむ、本当に興味深いな……）

この『魔法』という力は、いったいどういう原理で成り立っているのだろうか？

火龍(かりゅう)の素材を使った武器で似たようなことは――威力は桁違(けたちが)いであるが――再現可能だ。しかし、一見して彼らは火龍系統の装備をしていない。彼らはその身一つで、火を生み出しているのだ。

（いや、実に不思議だ……。俺も使うことはできないのだろうか……？　今度、アイリにそれとなく聞いてみよう）

そのあとも、男たちは次々に同じ魔法を放ってきた。

「〈赤き火よ（レッド・ファイアー）〉っ！」

「〈赤き火よ（レッド・ファイアー）〉っ！」

「〈赤き火よ（レッド・ファイアー）〉っ！」

ふむ、少し触ってみても大丈夫だろうか……？

そんなことを考えていると――。

「きゃぁーっ⁉」

一つの火の塊がアイリの元へ迫っていた。

（まずいっ！）

俺としたことが、目の前の不思議な現象に気を取られ過ぎた。

すぐさま反転し、アイリに迫る火の塊を右手で払いのける。

「あちちっ！」

じんわりとした痛みが俺の右手を襲う。感覚としては熱い茶の入った湯呑（ゆの）みを、そうとは知らずにしっかりと握ってしまったときに近い。

「ふーっ、ふーっ！」

自らの呼気で、右手を冷やしてやる。

「おー、熱かった……。大丈夫か、アイリ？」

アイリに火の塊は一切（いっさい）当たっていないはずだが、念のために確認する。

「は、はいっ、私は大丈夫なのですが……。ジンさんは……？」

彼女は心配そうな目で俺の右手を見た。

「あぁ、どうということはない。ちょっと熱かっただけだ。気にするな」

アイリの無事を確認した俺は、再び黒装束たちに視線を移す。

「……火属性の魔法を受けて、『ちょっと熱い』だけなんですね」

後ろで何かが聞こえたような気もするが、今はいいだろう。

（次からは流れ弾のことも考慮しなければ……）

俺がそんなことを考えていると、にわかに黒装束の男たちが盛り上がりを見せた。

「き、効いた……!?」

「効果あり――弱点は火だっ！」

「だが、あの程度の火力では、大きなダメージは与えられていない！　もっとたくさんの魔力を込める必要があるぞっ！」

どういうわけか、戦闘中だというのに、彼らは何やら楽しそうに話し始めた。

そして――。

「〈赤き火よ（レッド・ファイアー）〉っ！」

「〈赤き火よ（レッド・ファイアー）〉っ！」

「〈赤き火よ（レッド・ファイアー）〉っ！」

今度は先ほどよりも、一回り大きな火の塊がいくつも飛んできた。

それに心なしか、少しだけ速くなっている気がする。

「ジンさん、避けてくださいっ！」

（ふむ……）

この火の塊を全て避けることも、大剣で切り払うことも簡単だ。造作もない。

しかし、避けてしまえば背後のアイリに火の塊が牙（きば）を向く。また切り払った場合は、火が小さな火の粉となり、アイリの方へ飛んでいくと厄介（やっかい）だ。

（彼女の安全を考えるならば、体で受けるのが吉だろう）

こんなところで使用するのは少々もったいない気もするが、俺は懐（ふところ）からとある瓶（びん）を取り出し、その中身を一気に飲み干した。

その直後――火の塊が俺の体を直撃した。

「じ、ジンさんっ⁉」

「や、やったぞっ、全弾命中だっ！」

「どうだ化物めっ！　これが人間の力だっ！」

「ははっ、人の皮をかぶった悪魔がっ！　ざまぁみやがれっ！」

黒装束の男たちは、わいのわいのと好き放題言い始めた。

「全く……散々な言われようだな」

俺の体を埋め尽くした火は――不思議な力にかき消されるように一瞬にして消え去った。

「……え？」

当然ながら、俺の体にやけどはない。全くの無傷だ。

「そんな馬鹿な……っ⁉　どうして……っ⁉」

「どうしてって……。ちゃんと見ていなかったのか？　クールドリンクを飲んだからに決まっているだろう？」

戦闘中に相手から目を放すとは……そんなことではハンターの仕事は務まらない。俺は彼らの慣れてなさに深いため息をつく。

クールドリンク――飲めば一時的に火属性に対する耐性値が上昇する。そのため火属性のモンスターや火龍を討伐する際に重宝される。

「くっ、〈赤き火〉――」

「――もう見飽きたぞ」

俺は一足で彼らの背後を取ると、そのまま大剣で頭を打ち、意識を飛ばさせた。

「さて、次はどい……んん？」

周囲を見渡すと――もはや敵意を持って俺の前に立つものはいなかった。

「今ので最後だったか……」

それではそろそろ本題に入ろう。――破壊だ。

手始めに目の前にある大きな時計塔を壊そうと、大剣を握り締めたそのとき——白旗をあげた一団が現れた。その中心に位置し、一人だけ豪奢(ごうしゃ)な衣装に身を包んだ男が、俺の前に立つ。

「——降伏いたします」

「……誰だ？」

突如降伏宣言を始めた謎(なぞ)の男に、俺は首を傾げる。

「申し遅れました。私はレイドニア王国の四代目国王——レイドニア＝バーナム四世でございます」

「ほぅ……。それで降伏とはどういう意味だ？」

するとバーナム四世は力なく答えた。

「まさに文字通りの意味でございます。ジン殿、あなたから不当にもらい受けた金貨五万枚の即時返却。それに望むものがあれば、何でも用意させましょう。もちろん、エルフたちにも謝罪させていただきます。ですから、どうかこれ以上この国を荒らすことは、おやめてください。——この通りです」

そういってバーナム四世は膝(ひざ)を折り、地に頭をつけた。土下座である。

（ふむ……困ったな）

俺はガシガシと頭をかく。

（このバーナム四世という男——全くわかっていない）

世の中には『筋』というものがあることを。

「——降伏すれば、火を消してくれたのか？」

「……え？」

「お前たちは俺が大金を投じて守ったエルフの森に火を放ったな？」

「は、はい……その節は知らなかったこととはいえ、本当に申し訳ございませんでした」

頭を地にくっつけたまま、バーナム四世は謝罪の弁を述べた。

「いや、いい。別に謝って欲しいわけじゃないんだ。そうだな、俺が言いたいことは一つ――お前たちはエルフが降伏したら、火を消してくれたのか？」

「えっ、あ……いや、それはその……」

「そんなわけがないよな？　それじゃ、ここで質問だ。――お前らが降伏したとして、俺が止まると思うか？」

「……っ」

自分たちはエルフを見逃すつもりなんてさらさら無かったくせに、自らに危険が迫ったときにだけ助けてくれというのは――『筋』が通らない。

「答えはノーだ。精々頑張って止めて見せろ」

言い終わると同時に――俺は愛用の大剣で、目の前の時計塔を粉砕した。

■

それからひと暴れし終えた俺は大剣を地面に突き立て、ぐるりと周囲を見渡す。

「ふむ……。まぁ、こんなところでいいか……」

レイドニア王国は、まさしく瓦礫の山と化した。

民家や病院、井戸などの生活上どうしても必要な建物だけを残し、その他の雑多なものは全て破壊させてもらった。

(とりあえず、これで『おあいこ』だな)

俺は穏健派のハンターであるので、彼らの命を脅かすことはしない。ただ奪われたものだけを奪うだけだ。今回はエルフの森という住居を燃やされたので、レイドニア王国という住居をつぶしたというわけだ。

(それにしても弱いな……)

チラリとバーナム四世に目を向ける。

(一国の王を名乗るのだから、当然それなりの力を持っているかと思ったのだが……)

まさか瓦礫が当たったぐらいで気絶するとはな。

「アイリ、少し待たせてしまったな。やることは終わった。さぁ、帰ろう」

少し離れたところで、ぽーっとこちらを見ていたアイリに声をかける。

「は、はいっ!」

そして俺たちはエルフの村への帰路についた。

「ジンさんて見かけによらず、容赦(ようしゃ)がないんですね……」

「ん、そうか?」

来た道を逆戻りするように歩いていくと、無事にエルフの村に到着した。

（おや……？　あれは、何をしているんだ？）

奇妙なことに大勢のエルフたちが村の中心に集まり――どこかで見覚えのある龍の首をしげしげと観察していた。

（確かあれは……この世界に来て間もないころに狩った小型の飛龍の首……だよな？）

いったい、どうしてあんなところに……？　というか、何故あんなものに群がっているんだ？

いくつもの疑問が頭に浮かび「はて……？」と首を傾げていると――。

「ぜ…ゼルドドンっ⁉」

アイリが突如、悲鳴のような声を発した。

「なにっ⁉」

この地域最強の飛龍ゼルドドン。俺はすぐさま大剣を持ち、周囲を警戒する。

（ようやく全てが丸く収まったと思った矢先に……。全く、何てタイミングだ……っ！）

こんな村のど真ん中で大型の飛龍と戦闘となれば、まず間違いなく村は崩壊する。これでは俺の今までの努力が水の泡だ。

（どこか遠くに場所を移さなければ……っ）

最有力候補は、あの湖あたりか？　俺がそんなことを考えていると――。

「んん……？」

一向にゼルドドンは姿を見せなかった。

耳に意識を集中させて、周囲の音を探ってみたが、それらしき音は何も聞こえなかった。

「アイリ、ゼルドドンはどこだ……？」

警戒を解かずに、視線のみを彼女に移して問いかける。

「あ、あそこですっ！」

アイリの指差した先には――先日俺が狩った小型の飛龍の首があった。

「……は？」

いや、ない。それは――それだけはない。レイドニア王国までの往復で、どうやら彼女は少し疲れてしまっているようだった。

「いや、アイリ。あれはだな――」

優しく諭すように彼女の誤りを正そうとすると――。

「アイリっ！　どこへ行っていたの⁉　心配したじゃないっ！」

メイビスさんがどこかホッとしような表情で、少し怒りながらアイリの元へやってきた。

「ご、ごめんなさい……」

……しまった。メイビスさんに一言伝えるのを忘れていた……。

これはアイリの責任ではない。完全に俺の監督不行き届きだ。

「すみません、メイビスさん。俺が少し無理を言って、道案内を頼んでしまったんです。一言、メイビスさんに伝えるべきでした。申し訳ありません……」

「ご、ごめんなさい、お母さん……」

俺は反省し、アイリと一緒に頭を下げた。

「い、いえいえっ！　頭を上げてください、ジンさん。あなたが付いていられたのなら、何も言うことはありません」

「すみません、そう言っていただけると幸いです」

俺たちがそんな会話をしていると――エルフ族の族長、リリィさんがこちらへ歩いてきた。

「ジンさん。一つお聞きしたいことがあるのですが……よろしいでしょうか？」

「はい、構わないですよ。何でも聞いてください」

と言ってもこの世界に来て日の浅い俺に、答えられることなどそうないと思うが……。

「ありがとうございます。――では、こちらの龍の首に見覚えはありませんか？」

そういって彼女が指差したのは、俺が狩った小型の龍の首だった。

「そ、それですか……？」

「はい」

リリィさんの目は真剣そのものだった。

それに他（ほか）のエルフたちの視線もどういうわけか、全て俺に注（そそ）がれている。

（これは……やってしまったか……？）

俺の背に冷たい一筋の汗が流れる。

エルフは人間とは異なり、独自の文化や価値観を持っている。俺にとっては小型の飛龍だったとしても、彼らにとって神聖な龍だったのかもしれない。

俺は仕方なく、正直に答えることにした。

「それは……、先日俺が狩ってしまったものですね……。まずかった……ですかね？」

すると次の瞬間、村中が一時騒然となった。

目の前のリリィさんも息を呑み、言葉を失ってしまっている。

(この反応……。どうやら、完全にやってしまったようだな……)

「いや、本当にすみま――」

「――ありがとうございますっ！」

「……え？」

リリィさんはここにきて初めて、年相応の可愛らしい――心からの笑顔浮かべた。

「ありがとうございます、ジンさんっ。これで……これで本当にこの村は救われます！」

「ど、どういうことですか……？」

もうさっきから、何が何だかさっぱりだ。

「あの首の持ち主こそが、このエルフの森にすむ動物を食いつくした大型飛龍――ゼルドドンなんです」

「……は？」

その衝撃的な告白に、俺は敬語も忘れて、真顔となってしまった。

「あ、あんな小さな飛龍が……ゼルドドン……っ⁉」

さすがに二日前のことなので、おっさんの記憶もまだはっきりとしている。あのサイズは、どこからどう見ても小型。百歩譲って、いや千歩譲っても——やっぱり小型だ。中型にさえ届かない。

「なるほど……。ジンさんからすれば、あれは小型なんですね……。本当に規格外の方です……」

リリィさんはそうしみじみとつぶやいた。

一方の俺は、この二日の自分の行動を思い出し、少し自嘲気味に笑う。

「大型飛龍ゼルドドンか……。ふっ……何ということだ……」

自らの滑稽さに笑いをこらえ切れなかった。

(この二日間、まさかあんな小物に怯えていたとは……。ふふっ、いやいやこれは良い土産話ができたな……)

帰ったら真っ先にスラリンとリューに聞かせてやろう。

俺がそんなことを考えていると——。

「——みなさん、こんな未熟な私にここまでついてきてくださり、本当にありがとうございました」

リリィさんが大勢のエルフへ頭を下げた。

「ゼルドドンが現れてからというのも、エルフ族はつらく苦しい苦難の日々を送りました。食料難に流行り病、そこへ追い打ちをかけるようにレイドニア王国からの攻撃。一時は本当にどうなることか思いました。——しかし、その苦難の日々もようやく終わりを迎えました！　さぁ、宴を開きましょう！　主役はもちろん——ジンさんですっ！」

「「「うぅぉおおおおおおっ！」」」

エルフたちの喜びの咆哮がいくつもあがったかと思うと——。

「「「ジンさーんっ！　ありがとうっ！」」」

大勢のエルフが俺の元へ押し寄せた。

「う、うぉっ⁉」

俺は何度も何度も胴上げされ、大勢のエルフたちにもみくちゃにされてしまった。

そしてその晩。俺は酒を片手にエルフたちと腹を割って、いろいろなことを話した。

レイドニア王国にお灸を据えてきたこと。俺がこの世界とは異なる——異世界から来たこと。

家には娘のように大事にしている二人の少女がいること。そして——明日には帰らなければならないこと。

（ふー……それにしても、短い時間だったがいろいろあったな……）

そんなおっさんくさい感傷に浸りながら、深夜遅くまで飲み明かした。人間とゼルドドン——

両者の支配から解放されたエルフたちと共に。

そして二度目の宴が終わったその翌日。

俺は頭痛にうなされながら、目を覚ました。

「あー……いててっ……」

酒は素晴らしい飲み物だが、この二日酔いだけはどうにかして欲しいものだ。

重たい体に鞭を打って無理やりに起き上がると——なんと目の前にアイリがいた。彼女は何やら真剣な目でこちらをジッと見ていた。

「おはようございます、ジンさん」

「あ、あぁ……おはよう」

どういうわけか、彼女の目からは何かしら強い意志が感じられる。

「どうしたんだ？　そんなに思いつめた顔をして」

彼女はたっぷりと数秒かけて——重い口を開いた。

「ジンさん、もしよろしければ……私をジンさんのいた世界に連れて行ってもらえませんか？」

■

二度目の宴があった日の深夜。

ジンや大人のエルフたちが、酔いつぶれて寝静まったころ。アイリは一人、エルフ族の族長リリィの家をたずねた。リリィの家は村の最奥——樹齢千年を超える大木の上にある。

アイリはそんな立派な家の扉を優しくノックした。

「リリィ様、夜分遅くに申し訳ありません。アイリです。——起きていらっしゃいますか？」

「アイリさん……？　少しお待ちくださいね」

リリィはこの大きな家にたった一人で暮らしている。

元は族長であった父と厳しくも優しい母、そしてリリィの三人で生活をしていた。しかし、父は人間に殺され、母は流行り病で倒れてしまった。族長である父が殺されて以来、リリィは若くしてこのエルフ族の族長を継いだのだ。

「お待たせしました――アイリさん、こんな夜遅くにどうしたんですか？」

「はい、少しご相談したいことがありまして……」

めでたい宴の日だというのに、アイリの表情は晴れなかった。これは中々に大きなことを悩んでいるな、と瞬時に理解したリリィは彼女を部屋の中に招き入れる。

「そうでしたか。それでは立ち話もなんですし、どうぞ中へ入ってください」

「ありがとうございます」

春といえども夜はまだまだ冷える。アイリは素直にリリィの家へとお邪魔させてもらうことにした。

「どうぞ、温かいお茶です」

「あぁ、リリィ様。すみません、ありがとうございます」

リリィが用意してくれた温かいお茶を、彼女はありがたく受け取る。

「その、ここには二人だけしかいませんし……また昔みたいにお話ししませんか？　――アイリちゃん」

「そうですね。……ううん、そうだね、リリィちゃん」

この二人は親同士仲が良かったこともあり、小さいころから大の親友であった。しかし、リリィの父が人間に殺されて以来村は荒れ、二人がこのようにゆっくりと穏やかな時間を過ごすのは、数年ぶりのことだった。

「ふふっ、何だか小さい頃に戻ったみたい。……何だか変な感じだね、アイリちゃん」

「そうね。ここ数年は本当に忙しかったから……」

「それでこんな夜遅くにどうしたの？　相談したいことがあるって言ってたけど……」

「うん……。実は、ジンさんのことで少しね……」

「ジンさんのこと？」

「うん……。リリィちゃんは聞いた……？　ジンさんが明日でいなくなっちゃうっていう話……」

宴の席で酒の回ったジンが、他のエルフとそんな話をしているのをアイリは耳にしていた。

「うん、聞いたよ。本当はずっとこの村にいて欲しいけど、仕方ないよね……。あんなにすごい人なんだもん、きっと元の世界でも大忙しなんだよ……」

「私もそう思う。――それでね、ここからが本題なんだけど」

「うん」

「――私、ジンさんと一緒にジンさんのいる世界に行きたい」

「……え、えぇーっ⁉」

親友の予想外の言葉に、リリィは目を白黒させる。

「ど、どうしたの急に、なんで⁉」

「さっき少しジンさんとお話をしてたんだけどね。ジンさんのいた世界では、人間もエルフも――いろんな種族たちがみんなで楽しく暮らしているんだって」

「そうなんだ……それはすごいね。この世界じゃ、考えられないよ」

「うん。他にも『氷の大地』にどこまでも広がる湖——確かジンさん『ウミ』って言ってたかな。——そんな私の知らない、いろんなものがあるみたいなのっ！」

「氷の大地にウミ……」

「世界は私が思っているよりも、ずっとずっと広いんだなぁって思って。そしたら私もこの目で、見たくなったの」

「そっか……」

このときリリィは複雑な思いを抱いた。友人としてアイリが広く大きな世界へ羽ばたいていくのを応援したくもあり、また幼少期からの親友が自らの元を去って欲しくないという思いもあった。

「それに何より……」

そこまで言ったところで、アイリは顔を赤くして固まった。

「何より……？」

親友の突然の異常にリリィは首を傾げる。

「ぜ、絶対に誰にも言わないでね？」

「うん、わかったよ」

「絶対の絶対だよ？」

「大丈夫大丈夫、族長様は嘘をつかないよ！」

少しの間二人はジッと見つめ合い、そしてついにアイリはその口を開いた。

「……好きになっちゃったの」

「好きになったって……ジンさんを？」

「う、うん……」

「そっかー……。ふふっ、それじゃ仕方ないね」

「応援、してくれる？」

「もちろん！　んーでも……中々に大変だと思うよ？　多分、ジンさんはかなりモテるだろうから」

「……だよね」

アイリは悩まし気に、「はぁ……」とため息をついた。

「でも、その前に……そもそもジンさんは今、一人なの？　結婚してたりとか……は？」

「大丈夫、それはさっきもう聞いたの。元の世界でも結婚はしていないみたい」

「お、おぉ……。アイリちゃん、意外と積極的なんだね……」

親友の知られざる一面を垣間見たリリィは、一歩後ろへたじろいだ。

「でも、大丈夫なの？　ジンさんの話では、向こうの世界ではゼルドドンみたいな――うぅん、ゼルドドンよりももっと怖いモンスターがいっぱいいるみたいだよ？」

「そ、それは……ちょっと、というか本当に嫌だけど……頑張る」

恋する乙女の決心は固い。

「メイビスさんには、もう話した？」

「うん。そうしたらお母さん『ジンさんがいいって言うなら、行っておいで』って言ってくれたの」

「そっか……。それじゃ私も——陰ながら応援するね」

ここまで準備をし、決心を固めた親友を後押ししないわけにはいかなかった。

「本当⁉　リリィちゃん、ありがとう！」

親友の後押しが嬉しくて嬉しくて、アイリは勢いよくリリィに抱き着いた。

「きゃっ！　ふふ……っ、もうアイリちゃんったら」

そうして——。

「それでそれで？　ジンさんのどういうところを好きになったの？」

「え、えっと……それはね——」

その日は明け方まで、女の子同士の楽しい会話が続いた。

■

『一緒に連れて行って欲しい』——そう言ったアイリの目は真剣そのものだった。

「ふむ、俺は別に構わないが……」

この世界に来てまだ二日目だが、一つわかったことがある。この世界のモンスターは——少なくともエルフの森周辺のモンスターは弱い。

「アイリは大丈夫なのか？　俺のいる世界にはゼルドドンよりも遥かに凶悪なモンスターが、掃いて捨てるほどいるんだぞ？」

果たしてこの地域基準のモンスターに慣れた彼女は、大丈夫なのだろうか？

「大丈夫です、全て覚悟の上です」

「そ、そうか」

どうやら彼女の決心は相当に固いようだった。

「メイビスさんには、きちんと話したのか？」

俺のようないい年をしたおっさんに、彼女のような若く可愛い女の子を預けるなんて、親の立場からするとあまりいい気はしないだろう。

「はい。お母さんには、もう許可をいただきました」

「そうか……」

優しそうな見た目によらず、中々行動力のある子だな……。

「もしかすると、もう二度とこの世界には帰って来れないかもしれないぞ？　本当にそれでもいいのか？」

あの不思議な落とし穴だって、いつまであそこにあるかはわからない。あの穴がもし消えてしまったら、完全にこちらの世界に戻る手段はなくなってしまう。

「はい、大丈夫です」

「……そうか」

そこまで十分に考えたうえでの判断ならば、もはや何も言うまい。

「わかった。……それじゃ、一緒に来るか？」

「っはい！　ありがとうございますっ！」

帰還玉は一つで最大十人まで効果を発揮する。帰りに彼女一人増えたところで問題はない。

「よし、そうだな。お世話になったリリィさんとメイビスさんには、挨拶をしていこう」

まずはリリィさん宅へ行こうと立ち上がると――。

ちょうどタイミングのいいことに、村の中心あたりでリリィさんを見つけた。それに彼女の隣にはメイビスさんもいる。俺の姿を見つけたリリィさんは、少し改まった様子でお辞儀をした。

「ジンさん、もう……行かれてしまうのですね？」

「えぇ、いろいろとお世話になりました」

簡単に挨拶を終えると、次はメイビスさんが一歩前に出た。

「ジンさん、アイリを――娘をどうかよろしくお願いします」

「はい、わかりました。彼女の身は、俺が全力で守りますのでご安心ください」

メイビスさんにアイリの身の安全を約束する。

大事な一人娘を預かるのだ、これぐらい言ってしかるべきだ。

最後に俺は村中のエルフたちへ、お別れを告げる。

「それじゃ、エルフのみなさん。短い間でしたが、お世話になりました」

すると村中のエルフたちが手を振って応えてくれた。

「ジンさん、こちらこそ本当にありがとう！　またいつでも来てくれっ！」

「向こうの世界でも、元気でなぁーっ！」

「アイリー、くれぐれもジンさんに迷惑をかけないようにね！」

「ジンさん、行かないでーっ！」

彼らに手を振り返す。

「またいつかここへ――飲みに来るよ」

最後にそう言い残し、俺は懐にある帰還玉を地面に叩き付け――アイリと共にこの不思議な異世界をあとにした。

5 修羅場

帰還玉の白い煙に包まれた俺とアイリは――気付けば、あの不思議な落とし穴の前に立っていた。

「ふむ、どうやら無事に帰れたみたいだな」

空を見上げれば既に月が昇っており、月明かりが周囲を照らしていた。

「こ、ここがジンさんの住む世界……」

アイリはキョロキョロとせわしなく周囲を見回す。

「何だか、不思議な感じです……。空気が違うというか……」

「ほぅ、そうなのか？」

さすがは自然と共に生きるエルフ。

こういった環境の変化には、人間よりもはるかに敏感なのだろう。

「はい、何となくなんですけど――あっ！」

小さく口を開いた彼女は、空中のある一点で視線を固定させた。

「綺麗……。これがジンさんの言っていた桜……でしょうか？」

アイリは空を舞うピンク色の花弁を手のひらに乗せると、俺の元へ持ってきた。

「あぁ、そうだ。綺麗だろう？　春はこれを肴に酒を飲むんだ」

「肴に……この花は食べられるんですか？」

アイリは桜の花弁を指でつまみ、くんくんとにおいを嗅ぎ始めた。

「ふふっ、違う違う。目で見て楽しむってことだよ」

「あっ、なるほど……。確かにそれは、きっとおいしいんでしょうね」

そうやって二人でぼんやりと夜桜を楽しんでいると――「くしゅん」という可愛らしいくしゃみの音が聞こえた。

「す、すみません……」

「ふむ、夜はまだ冷えるな」

桜も満開に咲き、日中はずいぶんと暖かくなった。しかし、夜になるとまだ冷たい風が吹く。

そうでなくとも、彼女は元々かなりの薄着だ。

「早く俺の家に帰るとしよう」

「は、はいっ！（じ、ジンさんの家に……私がっ！）」

すると少し硬い返事が返ってきた。

（ふむ……）

彼女にとってここは右も左もわからない異世界だ。加えて彼女はエルフ族。おそらくだが、エルフの森から出たことも数えるぐらいしかないはずだ。

（緊張するのも無理はない……か）

今日から向こう数日は、付きっ切りでこの世界のことを説明してあげた方がいいだろう。

（今日はもう遅いからメシを食べて寝るとして……明日はどこへ連れていこうか）

街に繰り出すのもいいし、ハンターズギルドを紹介するのもいいだろう。

俺はなんとなく明日の予定を考えながら――。

「――さぁ、こっちだ。ついてきてくれ」

「はい」

アイリと共に俺の家へと帰った。

■

「ただいまー」

「お、おじゃまします」

そう言って帰りの挨拶（あいさつ）と共に玄関を開けると――。

「ジーン、おっかえりー……んっ⁉」

珍しいことにスラリンは俺の胸に飛び込んでこず、青い顔をしてその場で急ブレーキをかけた。

「あぁ、ただいま、スラリン。……ってどうしたんだ？」

何か悪いものでも食べたのか……？

俺がスラリンの状態を心配していると、奥からノソノソとリューがやってきた。つい先ほどまで眠っていたのだろう。眠たそうに目のあたりをゴシゴシとこすっている。

「ジン――……。おかえ……り……っ!?」

「ただいま、リュー。って、お前もか……」

スラリン同様に、リューも石像のように固まってしまった。

（二人して何かの遊びか……？）

俺がそんなことを考えていると――。

「「ジン……その女は、なに？」」

二人は同時に再起動を果たした。

どういうわけか、その目からはハイライトが消えており、声色はどこか冷たさを感じさせた。

「この子はエルフ族のアイリ。いろいろあって、今日から俺の家に住むことになった。二人とも仲良くしてくれよ」

「は、初めまして、エルフ族のアイリです。今後とも、よろしくお願いします」

そう言ってアイリは礼儀正しく頭を下げた。

「さて昨日も話したが、一応紹介しておくぞ。この青い髪の子がスライムのスラリン。こっちの銀髪の子が龍のリューだ。ほら、二人ともアイリに挨拶をしてくれ」

「「……よろしく」」

二人はそれだけ言うと、少し後ろに下がり何やらヒソヒソと話し出した。

「やばいよ、リュー！　変な女が増えちゃったよ!?」

「これは……まずいね……」

「どうしよう、リュー。あのアイリってエルフ、絶対にジンのことが好きだよっ」

「……うーん……食べちゃう？」

「うー、でもでも！　もし万が一にでも、ジンにバレたら……」

「……絶交じゃすまないね。……食べるのは……なしの方向で」

「どうしようどうしよう、大ピンチだよっ⁉　ジンが盗られちゃうよ⁉　胸も大きいし、顔も可愛いし――服もなんかエッチだし！」

「それにあの女は……エルフ族……。私たちと違って……モンスターじゃない……」

「「……どうしよう」」

廊下の隅っこで、スラリンとリューは二人して頭を抱え始めた。さっきからいったい何をやっているんだ、あいつら？

「おーい、何をこそこそしてるんだ？」

俺が一声かけてみると――。

「「な、何でもないっ！」」

二人はビクリと肩を震わせると、首をぶんぶんと左右に振った。

「そうか？　それじゃ俺はメシの準備をしてくるから、大人しく待っていてくれよ」

「「うん、わかった」」

二人には、大人しくしているよう言いつけたし……。あとはアイリをどうするかだな。

（さすがに一人でスラリンとリューのところにやるわけにもいかない……。俺が間に入って話さな

いと、精神的にいろいろとしんどいだろう）

俺がそんなことを考えていると――。

「あっ、ジンさん。ご飯を作るのでしたら、お手伝いしてもいいですか？」

「「んなっ……にぃ……っ⁉」」

アイリからそんな嬉しい申し出があった。

「それは助かるが、別に休んでいてもいいんだぞ？」

この世界に来たばかりのアイリにとっては、見るもの触れるもの全てが新しいものだ。それは新鮮で楽しくもあるだろうが、同時に大きなストレスでもある。

（幸いなことに俺の家は大きい。空き部屋ならいくつもあるから、休んでいてくれても全然かまわないんだが……）

「いいえ、気にしないでください。住むところもご飯もお世話になるんですから、家事ぐらいはお手伝いしないとバチが当たってしまいますよ」

「「はうぅっ……⁉」」

全く、アイリは本当にいい子だな……。メイビスさんも、さぞ鼻が高いことだろう。

「それじゃ、一緒に作ろうか」

「はいっ！」

俺はアイリと一緒に厨房へ行く前に――チラリとスラリンとリューの方へ視線を移す。先ほどからあの二人は不審な挙動を繰り返しており、どう見ても普通じゃない。

「スラリン、リュー。今日は本当にどうしたんだ？　さっきからずっと様子がおかしいぞ？」

「う、ううん、何でもないよ……」

「強敵……出現……っ。一時……撤退……っ」

二人はそう言うと、ぎこちない動きで寝室へと戻っていった。

「本当にどうしたんだ、あいつら……？」

■

そのあと、晩メシの準備を終えた俺は、スラリンとリューを呼び、みんなで食卓についた。

食卓にはいつものように、大量の料理がずらりと並べられている。

「一度にこんなたくさん作るんですね！　びっくりしちゃいました」

アイリは目を丸くしてそう言った。

「……あぁ、スラリンとリューがよく食べるからな」

この二人は本当によく食べる。

まぁ、俺としては作り甲斐があっていいことなんだが、あともう少しだけ家計のことを考えてくれると嬉しい。

「ふふっ、どれも見たことがない料理ばかりで、見ているだけで楽しくなりますね！」

アイリは料理中から、ずいぶんと機嫌がいい。

「そう……だな……」

一方の俺は、苦々しい視線を食卓へ──問題のブツへと向ける。

それはこの中で唯一『アイリ一人で』作った料理──カレーだ。

(……いったい、何があった?)

それはもはやカレーと呼んでいい代物ではなかった。

白いご飯の上に、鮮やかな青色のルーがなみなみとかけられている。具材として用意していたはずの、イモや肉はなぜかどこにも見当たらない。おそらくだが、あの青いルーに吸収されたのだろう。

(それにしても何故に『青』……?)

俺の疑問はその一点へ収束する。

アイリに渡した具材の中で、青色を出すものは何もない。カレーに使うスパイスも、きちんと茶色のものだ。何をどう調理したところで、あんな鮮やかな青色になるわけがない。

俺は彼女に、それとなく質問を投げかける。

「なぁ、アイリ。ちょっと、いいかな?」

「どうしました、ジンさん?」

「あのカレー……でいいのか? あの中に何かその……『隠し味』的なものは入れてないよな?」

「? いいえ、何も入れてませんよ? ……もしかして私……何か失敗しちゃいましたか?」

アイリは少し不安げな表情でこちらを窺った。

「あーいやいや、そんなことはないぞっ! ……多分」

(失敗どころか、あれはもはや一つの発明として成功の域に達している……)

「そうですか、それはよかったです！　あのカレーは腕によりをかけて作ったので、ジンさんには是非とも食べて欲しいんですよっ！」

「あ、あぁ……楽しみだ……」

なんということだ……。シェフ直々にご指名を受けてしまった。

退路は完全に断たれた。もはやただ前進あるのみだ。

(それにしても、アイリは全く気付いていないのか？　あのカレーが料理という概念を逸脱(いつだつ)していることに……)

いや、もしや……。おかしいのは俺だけなのか……？

急に不安になり、ちらりと左隣を見ると――。

リューが青い顔して、首を横に振っていた。

(いや、間違いない。おかしいのは、アイリだ)

基本雑食であるリューさえ、本能的に嫌がる料理。並大抵のものではない。

(さて……)

こんなときに頼りになるのは――スラリン先生だ。先生の種族はスライム。鉄でも土でもなんでもおいしくお召し上がりになられる。それに食べたものの成分を分析可能という一家に一台の優(すぐ)れモノだ。もしも毒物が検出されれば、すぐに教えてくれる。それに万が一毒があったとしても、彼女にとっては毒もおいしいメシだ。

「せんせ――ゴホン。……スラリン、どうだ？　いけそうか？」

「うん、どれもとってもおいしそうだよっ！　早く食べようよ、ジンーっ！」

先生は待ちきれない様子で、足をパタパタとさせた。

（……さすがは先生だ）

『暴食の王』という二つ名は伊達ではない。

このもはや『青い何か』さえ『料理』だと断言できるのは……世界広しといえどもスラリンだけだろう。

「そうだな、冷めないうちにいただいてしまおう。――ときにスラリン、まずはあの青いカレーから食べてもらってもいいか？」

「ん？　もちろん、いいよ！」

スラリンは快く、俺の願いを聞き入れてくれた。

「ありがとう」

（よかった……。これで最悪の事態は避けられる……）

俺はホッと胸をなでおろす。

（まさかメシ時にこれほどの緊迫感が生まれるとはな……）

「それじゃ、みんな、手を合わせて――」

「「「いただきます！」」」

俺とリューは料理に一切手を付けず――『見』に回る。アイリに不審に思われないように、すぐさま水を手に取るカムフラージュも忘れない。

そんな緊迫した空気が漂う食卓で――。

「うわーっ、おいしそうっ！」

スラリンは無邪気に、心の底から嬉しそうに青いカレーに手を伸ばした。

彼女は大きなスプーンで、白飯と共に青いルーをたっぷりすくう。

「ま、待て待てスラリンっ！　そんな大量に食べるなっ！」

万が一のことも考えて、少しずつ食べるべきだっ！

しかし、彼女は俺の忠告も聞かずにそのままパクリと口へ運んだ。

「ふぁいじょうぶ、ふぁいじょうぶ！　ジンは心配しょ――ぅっ⁉」

すると突如、彼女はスプーンを手に持ったまま椅子の上から崩れ落ちた。

「スラリン……？　おい、大丈夫か、スラリンっ⁉」

「スラリンさんっ⁉」

「……スラリン？」

顔は既に土色となっており、口からぶくぶくと泡を吹いている。

「くそっ、なんということだ……っ！」

俺は迷わずに、懐から緑のハイポーションを取り出し、スラリンの口へと流し込む。

すると――。

「――ふはっ⁉」

スラリンが意識を取り戻してくれた。

「はぁはぁはぁ……。あれ……？　今、何が……？」

どうやらあまりの衝撃に前後の記憶が飛んでしまっているようだ。

「……とにかく、これは危険だ」

アイリには悪いが、この青いカレーを廃棄することにした。さすがに危険過ぎる。

（暴食の王――スラリンですら、処理しきれないほどのナニカ……）

いったいどのような成分が含まれているか、大変気になるところではあるが、『触らぬ神にたたりなし』という。ここは大人しく廃棄するのが安牌だ。

「す、すみませんっ！　私、失敗しちゃってたみたいで……。本当になんとお詫びしたらいいか……」

アイリは立ち上がり、俺たちに向かって深く頭を下げた。

「いやいや、気にしなくていい。誰にだって失敗はある。料理なんてものは、何度も失敗を繰り返しながら、徐々に上手くなっていくものだ」

「そ、そうでしょうか……」

「あぁ、そうだ。どんなことでも練習をすれば、ちゃんと上達していくさ」

「そ、そうですよね……っ！　私、頑張ります！」

アイリが元気になったところで――。

「さぁ、それじゃこの話はここまでだ。せっかくの料理が冷めてしまわないうちに、食べようか」

楽しく温かい空気を作り出すために、俺はニッコリと笑った。

■

そのあと、無事にメシをこなし、風呂に入った。あとはもう寝るだけだ。

いつものお気に入りの青のパジャマに着替えたスラリン。同様に白のパジャマに着替えたリュー。

二人は俺より早くに寝室の前に立ち、眠たそうな目をこすっている。

「それじゃ、アイリ。こっちに一つ空き部屋があるから、自由に使ってくれ」

俺が彼女を案内しようと一歩踏み出すと――。

「ジンさん、その……スラリンさんとリューさんは……？」

彼女は不思議そうな表情を浮かべ、小首を傾げていた。

その質問に答えたのは俺ではなく、スラリンとリューだった。

「リンはねー？　もちろん、ジンの隣だよーっ！」

「私も……っ！　ふふっ、当然の……権利……っ！」

二人はなぜか勝ち誇ったような顔でそういった。

「なっ、ジンさんの隣でっ!?」

何を勘違いしたのか、アイリは頬を赤く染める。

「いや、アイリ。勘違いしてはいけないぞ？　この二人は本当にただ俺の横で寝ているだけだ。やましいことなど何もないからな？」

しかし、どうやら俺の声は届いていないようで、今も「一緒に……隣で……？　男の人と……？」と一人興奮気味につぶやいていた。

「おーい、アイリー？」

彼女の目の前で、俺が手をパタパタしていると――。

「そ、それなら――私もジンさんと一緒がいいです！」

「……え？」

アイリはとんでもない結論を導き出してしまった。

「は、反対っ！　リンは断固反対するよっ！　男女が一つのベッドで寝るとか、普通に考えておかしいよっ！」

「私も……反対……っ！　ちゃんと……別々で寝るべき……っ！」

「二人の意見はもっともだが……それをお前たちが言うか？」

そもそもシングルベッドを三つ買う案を反対し、強硬にキングサイズのベッドを購入するように言ったのはこの二人だ。そしてその日から現在に至るまで、毎日のようにスラリンとリューは俺の隣でスヤスヤと寝ている。

「り、リンはいいの！　スライムだしっ！」

「私も……龍だから、セーフっ！」

二人は謎の理論を展開し、自らの正当性を訴えた。

「で、でしたら、私だってエルフですっ！　セーフですよっ！　セーフっ！」

そのあと、しばしの沈黙の後。

「「「ぐぬぬぬ……っ！」」」

三人はなぜか睨(にら)み合(あ)いを始めた。

（みんな、そんなにベッドがいいのか……？）

個人的には雨風さえしのげれば、割とどこでもいいんだがな……。

「それじゃあ、こうしよう。俺が床で寝るから、三人はベッドの上で――」

俺がそう口を開くと――。

「それじゃ意味がないのっ！」

「それは……違う……っ！」

「何を言っているんですか、ジンさんは⁉」

どういうわけか、即座に俺の案は却下されてしまった。

「よ、よくわからんが、それじゃ公平にジャンケンで決めるのはどうだ？　負けた一人は、床で寝ることにしてさ」

「さすがはジンさん、名案ですっ！」

「「む、むぐぅ……」」

スラリンとリューはいまいち納得いっていないようだが、渋々といった感じでコクリと頷(うなず)いてくれた。

「それじゃいくぞ、恨みっこなしだからな？　最初はグー、じゃんけん――」

「「「――ポンっ！」」」

リューとアイリは『パー』を出し、スラリンは一人『グー』を出した。

「「やった……っ！」」

「う、うそっ⁉」

リューとアイリは仲良くハイタッチし、スラリンは一人膝を折る。

「それじゃ、今日はスラリンが床で寝る番だな」

「い、いやだぁーっ！　リンはジンの横がいいーっ！」

「こらこら、スラリン。公平にジャンケンで決めたんだ、駄々をこねちゃ駄目だろ……？」

「で、でも……」

スラリンが目元にうっすら涙を浮かべていると――。

「ふふっ……。敗北者……床で吠えているがいい……っ！」

リューが彼女を煽り立てた。

（リュー……なんて恐ろしい子だ）

先ほどまではスラリンと二人タッグだったはずなのに、自分が勝利するやいなや、すぐさまスラリンを蹴落とすとは……。

「う、うぅ……」

負けたショックが大きすぎたのか、珍しくスラリンはリューの挑発に噛みつかなかった。

さすがに少し可哀想になってきたので、少しフォローを加えてやる。

「まぁ別に今日が俺と寝れる最後の日じゃないんだ、明日勝てばいいさ……だろ?」

そういってスラリンの頭を優しく撫でてやると――。

「……えへへ。うん、そうする」

少しは機嫌を直してくれたみたいだった。

「よし、それじゃみんな、おやすみ」

「「「おやすみなさい」」」

そして俺は目を閉じ――静かに眠りの世界へと沈んでいった。

(やっぱりジンの横は……落ち着く……)

(ちょっと恥ずかしいけど……。ふふ、ジンさんのにおいだぁ……)

(うー……やっぱり、一人は寂しいよー。ジンー……)

■

翌日の昼ごろ。

俺はアイリを連れて街へと繰り出した。

アイリのいた世界とこちらの世界では、多くの『違い』が存在する。それは『魔法』という特異な力、食文化、人間とエルフのような種族間の関係など様々だ。

彼女がこの世界に順応し、快適な生活を送るための第一歩として――今日はアイリに街の人々を紹介しようと思う。

「さぁ、着いたぞ。ここがこの街の大通りだ」

「うわぁ……すごい……」

昼間ということもあり、大通りには大勢の人々であふれかえっていた。

エルフの森での生活に慣れたアイリにとって、これほど多くの人を見る機会は中々ないだろう。

「よほど希少なものでない限り、だいたいのものはここで揃う。アイリもそのうち、よく足を運ぶことになるだろう」

「なるほど、それは楽しみですね」

「さぁ、そろそろ行こうか」

「はいっ！」

俺たちははぐれないように、いつもより少し近い距離を維持したまま、大通りを真っ直ぐに進んでいく。

「うわぁ……っ！」

アイリは目を輝かせて、陳列されている様々なアイテムを見た。

「何か欲しいものがあれば、気軽に言ってくれ。……まぁ、俺もそれほど金があるわけじゃないから、あまり高いのは勘弁してくれると助かる」

「い、いえっ！　そこまでしていただくわけにはっ！」

「気にするな。せっかくここまで来たんだ、何か少しぐらい買っていかないとな」

「ほ、本当にいいんですか……？」

「あぁ、何か気になるものでもあったのか？」

「は、はい」

すると彼女は左手にある民芸店、その中のネックレスや腕輪などのアクセサリー類が飾ってある区画を指差した。

「で、では……ジンさん。こちらの中から、ジンさんの好みのものを選んでください」

「……俺が？」

「は、はい。駄目……でしょうか？」

「いや、アイリがいいのなら、俺は別に構わんが……」

（ふむ……）

俺はジッと飾られているアクセサリー類を眺める。

（……駄目だ。何を選ぶのが正解なのか、全くわからん……）

チラリと横目でアイリの方を見ると——何やらずいぶんと期待した様子でソワソワとこちらを見ていた。

（期待……されている……）

しかし、女性にこういったものを送った経験がほとんどない。スラリンとリューが欲しがるものは、いつも食べ物——特に肉なのでプレゼントには困らない。

（よく考えろ……彼女はエルフだ）

エルフは自然と共に生きる種族。森を愛し、山を愛し、川を愛する。

（つまり、ここで俺が選ぶべきは……っ！）

「アイリ、これなんてどうだ？」

銀色のチェーンに、ペンダントトップには銀色の木の葉――シンプルなデザインで品のあるネックレスを指差す。

「わっ、とってもいいと思いますっ！」

どうやら当たりを引けたみたいだ。

俺はホッと胸をなでおろす。

「すみません、こちらを一つお願いします」

「まいどありぃーっ！」

勘定を済ませ、アイリにペンダントを手渡す。

「ジンさん……つけていただいてもいいですか？」

「ん？　あぁ、構わないぞ」

彼女が少し背伸びをして、こちらに首を伸ばす。

不器用な俺は少し手間取ったが、無事につけてやることができた。

「わぁ……っ！　ありがとうございますっ！　大事にしますねっ！」

胸にあるペンダントトップを嬉しそうに手のひらに乗せ、アイリは満面の笑みでお礼を言った。

「ふふっ、どういたしまして」

そのまま上機嫌のアイリを連れて歩いていると――彼女がふいに立ち止まった。

「じ、ジンさん……あの方ってもしかして……」

彼女の視線の先には、耳が長く少し太ましい女性が「いらっしゃい！　いらっしゃい！　安いよ安いよぉっ！」っと、大声で客引きをしていた。

「あぁ、肉屋のパーシィさんだな。見ての通り、アイリと同じエルフ族だよ」

『肉屋パーシィ』――安価な肉から高級な肉まで幅広く扱っている俺の行きつけのお店だ。花見のときに食べたギャラノスの肉もここで買ったものだ。

「少し挨拶しにいくか」

俺がパーシィさんの元へ進んでいくと――。

「おっ、ジンさんじゃないかいっ！」

「おはようございます、パーシィさん」

「ここ二、三日見かけなかったから、心配してたんだよ？　って、おやぁ……？」

パーシィさんは、めざとくアイリを見つけると、その迫力満点の顔をグッと近づけた。

「あんた、これまった可愛い子を連れてっ！　うらやましいねぇ、全く！」

豪快で明るい性格のパーシィさんは、「あっはっはっ！」と豪快に笑いながら、俺の背中をバシバシと叩(たた)いた。

「こちらはエルフ族のアイリです。昨日から俺の家に住むことになったので、今後ともよろしくお願いしますね」

「お、お願いしますっ！」

俺とアイリはペコリとお辞儀をする。

「そうかいそうかいっ！　そんじゃ『肉屋パーシィ』を御贔屓に頼むよ、アイリちゃん！　――ところでどうだい？　今日はメリノスの肉が安いよぉ？」

そういって彼女は、大きなブロックで売られているメリノスの肉を指差した。

（この量でこの価格か……。確かに安いな……）

メリノスの肉――安いが非常に固く、肉の甘味もほとんどない。

（スラリンとリュー用に買って帰るか……？）

表立っては言えないが、彼女たちはいわゆる『味音痴』だ。どんなものでも基本料理としての体裁さえ整っていれば、「うまいうまいっ！」と食べてくれる。

ずいぶん昔に一度、高級なギャラノスの肉と安いメリノスの肉の食べ比べをしてもらったことがある。結果は「どっちも一緒！」だそうだ……。

（買って帰りたいのは山々なんだが……今日はやめておくか）

「すみません。今日はこれからアイリに街を紹介して回るので、また今度頼みますよ」

「そうかい？　そりゃぁ、残念だねぇ。そんじゃ、また見てってくれよ！」

そういってパーシィさんは、豪快に手を振った。

そのあと、通りから少し外れたところにあるベンチで俺たちは一休みする。

「この街はどうだ、アイリ?」

「ジンさんの言っていた通りです……。本当にいろんな種族が一緒に生活しているんですね……」

アイリはしみじみとそんなことをつぶやいた。

この街には人間をはじめとして、エルフにドワーフ、猫耳やキツネ耳といった獣の特性を宿す獣人など様々な種族が共存している。

「あぁ、いいところだと思わないか?」

「はい……とってもいい街だと思います」

■

今日の街案内の締めくくりとして、俺はハンターズギルドを選んだ。

「さぁ、ここがハンターズギルドだ」

ハンターズギルドは一階建ての大きな建物で、中には酒場も併設されている。今もクエストボードと睨み合っているもの、昼間から浴びるように酒を飲んでいるもの、バカ騒ぎしているもの……と多くのハンターが集まっている。

「こ、ここにいる人たち全員が、ジンさんと同じハンターなんですか……?」

「んー、中には依頼者や酒を飲みに来た人も混ざっているが……。まぁほとんど全員がハンターと考えていいだろう」

「こ、こんなにたくさん……」

ハンターという職業がそもそも存在しない世界から来た彼女の目には、さぞ異様な集団の集まりに映っていることだろう。

「さっ、みんなにアイリを紹介するから、こっちへ来てくれ」

「は、はい」

緊張の混じった声でアイリは返事をした。

俺たちがギルドの中心へ向かって歩いていると――。

「おっ、久しぶりじゃねぇか、ジン。……後ろの子、可愛いな」

「しっかり働かねぇと、あの嬢ちゃんたちにまた食われんぞー。……耳が長い、エルフ族か」

「おーおー、何だ何だ？　これまた綺麗な子を連れて……。ジン、ついに身を固める決心がついたのか？」

何人かの顔馴染みのハンターがニヤニヤと俺とアイリを交互に見やった。

（はぁ、全くこいつらは……）

俺は小さくため息をつく。

どいつもこいつも、みんなもういい年したおっさんだというのに……。すぐに色恋の話に持っていきたがる……。

「い、いやぁ……」

アイリよ、そこで顔を赤くされると、疑惑が深まるだけだぞ……？

「まぁ、とにかくこの子——エルフ族のアイリは今日から俺の家に住むことになった。みんなも街で見かけたらよろしくしてやってくれ」

「エルフ族のアイリです。よろしくお願いします」

アイリがペコリと頭を下げると——。

「よろしくなーアイリちゃーんっ！」

「ジンはこう見えて、狼だから気を付けろーっ！」

「よーしっ、今日は歓迎の意味を込めて……飲むぞーっ！」

ハンターのみんなは、指笛を鳴らし、彼女を歓迎してくれた。

……少し変なことを言っている奴もいたが、そこは努めてスルーする。

「っと、そうだ。一応言っておくが、間違っても変なちょっかいはかけるなよ？」

こいつらは日頃から馬鹿ばかりやっている奴等だが、一応昔からの顔馴染みだ。そんなバカなことはしないと信じたいが、念には念をということで釘を刺しておく。

「いや、お前んとこの子に手を出す命知らずなんて、この街にはいねぇよ……」

彼らは「ないない」と、揃えて首を横に振った。

「さて、それじゃアイリ。今日のところはそろそろ帰——」

「——おい、お前が噂に聞くジンか？」

するとカウンターに座っていたとある男が立ち上がり、俺の行く手を遮った。

（……誰だ？　このあたりでは見ない顔だな……）

最近この街に引っ越してきたハンターだろうか？

「いったいどんな噂を聞いてきたのかは知らんが……確かに俺の名はジンだ」

すると男は俺の目をギロリと睨み付けて――大きなため息をついた。

「はぁ……。全く、どんな大男が出てくるのかと思えば……。ただの冴えないおっさんじゃねぇか……」

「まぁな」

俺は同意して頷く。

俺は今年で三十五を迎える脂の乗ったいいおっさんだ。そんな外見のことをどうこう言われても困る。

「そ、そんなことありませんよっ！　ジンさんは、とってもカッコいいです！　落ち着いていて、渋くて……大人の魅力にあふれていますっ！　それに何より、とても優しいです！」

するとアイリが横からフォローを入れてくれた。

「はは、ありがとう、アイリ。お世辞でも嬉しいよ」

「お、お世辞じゃないんですけれど……」

アイリとそんな話をしていると――。

「……ちっ」

目の前の男が、目に見えて苛立ち始めた。

（……危険な男だ）

俺が言えた義理ではないが、向こうも向こうでいいおっさんである。そろそろ落ち着きを覚えないとだな……。

そんなことを思っていると――男はこちらに大きなこん棒を向け、大声をあげた。

「ジン、この俺と勝負しやがれっ！」

男がそう言い放った瞬間――。

「「「ぷっ……ぎゃっはははははははっ！」」」

ハンターズギルド内が、突如爆笑の渦に包まれた。

「じ、ジンに勝負って、ひ、ひぃーっ！　は、腹がっ！　腹がいてぇっ！」

「ぎゃはははっ！　いいぞぉ、おっさん！　おらぁ、あんたを応援するぜっ！」

「いけいけっ！　ぶっ殺せぇーっ！」

顔馴染みのハンターたちは、過激な言葉でよそ者の男を煽り立てる。

「な、なんだっ⁉」

「み、みなさん、どうしてっ⁉」

状況のわかっていない男とアイリが、突然沸(わ)いたハンターたちに動揺する。

（……やろう）

奴等は完全に俺とこの男の勝負を、酒のアテにするつもりだ。

「ジンの武器は大剣(たいけん)だぞっ！　一回空振りさせりゃ、でけぇ隙(すき)ができる！　そこにきつい一撃を叩きこめっ！」

「あいつはフェイントを一切使わねぇ、ガチガチの脳筋野郎だっ！　足を使ってかき乱せ！」

「止まるんじゃねぇぞっ！」

ハンターたちは俺の武器や戦い方の癖まで、できる限りのアドバイスを男に送った。

（はぁ……）

別に隠しているわけでもないからいいんだけどな……。

目の前の男は完全にやる気であり、重心を落とし、こちらに鋭い視線を送っている。

（やるしかないのか……）

「アイリ、ここは危ないから少し下がっ――」

俺が後ろを振り返り、アイリを安全なところへ避難させようとしたそのとき――。

「隙ありぃぃいいいいっ！」

男はこん棒を振りかぶり、一気に間合いを詰めてきた。

「じ、ジンさん、後ろっ！」

「「よっしゃっ！　入ったーっ！」」

（いやいや、なんのなんの）

さすがにこの程度ではやられたりはせんよ。

俺はクルリと反転し、裏拳を繰り出し――。

「よっと」

男の振り下ろしたこん棒を一撃で破壊する。

「……は？」

先端のなくなったこん棒を、ただ呆然と見つめる男。

「ハンターなら、もう少しいい武器を準備した方がいいぞ？」

そしてそのまま、かなり手加減を加えた右ストレートを男の顔面に突き刺す。

「ぶへっ⁉」

男は空中できりもみ回転しながら水平に飛び、ギルドの壁にめり込んでようやく止まった。

「「「まっ、そりゃそーなるわな」」」

そういうと馴染みのハンターたちは、何も無かったかのように酒を飲み始めた。

「はぁ……。お前らなぁ……」

そんな彼らの態度に俺ががっくりと肩を落としていると――。

「ちょっとそこのハンターさん、ギルドの壁を壊さないでください。いったい誰が直すと思っているんですか？」

ハンターズギルドの受付嬢が、感情を読み取らせない乾いた声でそう言った。しかし、その額には青筋が浮かんでおり、怒っていることは一目でわかった。

「す、すみません……」

吹っかけられた喧嘩とはいえ、あの壁を破壊したのは、間違いなく俺だ。反論の余地がないことは明白なので素直に謝罪する。

「全くもう……。今度やったら、弁償してもらいますからね」

「……はい」

それは何としても避けたい。ただでさえ想定外の出費が重なり、我が家の家計は火の車となっているというのに……。

（それにしても見たことがない受付嬢だったな。新しく入った人だろうか……？）

そんなことを考えていると、横からアイリが耳打ちをしてきた。

「ジンさん、何というか災難でしたね……」

「あぁ……全くだ」

そろそろアイリを連れて家に帰ろうとしたその時――。

（そういえば、俺への依頼はどうなっているんだ……？）

ポッとそんな疑問が浮かんだ。

ここ三日ほど、一切依頼をこなしていない。

（もしかして……）

言葉にできない、ざわざわとした何かが背中を走る。

「……アイリ、ちょっと受付まで来てくれ」

「はい」

どうしても気になったので、先ほどの受付嬢に聞いてみることにした。

「すみません、少しよろしいでしょうか？」

「またあなたですか……。今度はなんです？」

問題を起こしたばかりだからか、彼女は妙に冷たかった……。

「いえ、私への依頼がどれぐらい溜まっているかと思いまして……」

「はぁ？」

受付嬢は露骨に顔をゆがめた。

「あなたねぇ……。個人宛ての依頼というのは、王都でも活躍するような一線級のハンターだけにくるものなんです。あなたのような――。はぁ……いえまぁ仕事ですから、一応確認はしますけど……お名前は？」

「ジンというものです」

「ジンさんですね……えーっと、はい。残念ながらあなたご指名の依頼は……はぁっ!?」

俺宛ての依頼を確認した受付嬢は、突如奇声を発した。

その反応が何よりも雄弁に事態の深刻さを語っていた。

（……そんなに溜まっているか）

「やはり……相当あるみたいですね……」

嬉しいような、悲しいような……。

「そ、そんな……。こんなの王都の超一流ハンター並み……。いえ、それ以上……」

そう言いながら受付嬢は俺の前に、三つの依頼書の山を置いた。

「……これが、全部ですか？」

あまりの量にさすがの俺も息を呑む。ざっと見るだけでも百や二百はくだらない。

「は、はい……。それもこの周辺の街からだけではありません。王都に住む大貴族からもたくさんの依頼が指名で入っています。あなたは……いったい……」

呆然と立ち尽くす彼女をよそに、俺は手前の方にある依頼書を何枚か確認する。

（『雷龍ジェネリアの討伐』『豪雪地帯での護衛』『謎の落とし穴の探索』か……）

どれも区分はS級クエスト。そのうえ中々にこうばしい香りがするものばかりだった。

「はぁ……とりあえず金もないしな……。すみません、この手早く終わりそうな『雷龍の討伐』に行ってきます」

俺は一番手前にあった討伐クエストの依頼書を受付嬢に手渡した。

「何をもって『手早く終わりそう』と評価を下したのかは、非常に気になるところではありますが……。わかりました、お手続きをいたします。達成見込み時期は、いつごろになりますか？」

俺はギルドに設置されている時計を見て、現在の時間を把握する。

（えーっと、今は夕方の五時だから……）

って、そういえば雷龍はどこにいるんだっけ？

「あっ、すみません。雷龍ジェネリアの出現場所ってどちらになっていましたか……？」

「ラゾール高原ですね。通称『雷神の遊び場』と呼ばれるここは――」

（ラゾール高原か……。片道二時間の往復で合計四時間だな……。これからアイリを家に送って、少し部屋の掃除もする必要があるから……）

「そうですね、それじゃ達成時間は今夜十時ごろでお願いします」

ありがたいことにハンターズギルドは二十四時間営業だ。これは国の法律で定められている。

「かしこまりました。今夜十時ごろで……って、今夜っ⁉」

「はい、そうですが……何か？」

この新しく入ってきた受付嬢は、さっきから一人芝居でも打っているかのようだった。はたして疲れないのだろうか？

「……ジンさん、あなたがただ者ではないことは、あの指名された依頼の量でわかりました」

（いや、ただのおっさんなんですけど……）

「――ですが、私は嘘が嫌いです。ラゾール高原まではここから片道五時間――往復で十時間はかかります。そのうえ雷龍は強い――S級クラスのモンスターです。いったいどうやってあと五時間でクエストを達成するおつもりですか？」

「行って、見つけて、狩る――以上です」

いつも通りの完璧な狩猟計画を述べると、彼女は無言で首を振り、大きなため息をついた。

「……はぁ」

すると――。

「はいはいー、交代の時間だよー！」

以前、何度か見かけたことがある、顔馴染みの受付嬢がギルドの奥から姿を現した。

「ちょっと先輩聞いてくださいよ！　このジンとかいう変な人が、さっきから変なことばっかり言ってくるんですよ」

「ほほぅ、どんな？」

「Ｓ級クエスト『雷龍ジェネリアの討伐』を手早く終わりそうって言ったり、クエストの達成時期は今夜十時とか言ったり……。ちょっと先輩の方から、きつく言ってください！」

するとと顔馴染みの受付嬢は腕を組み、うんうんと頭を振った。

「なるほどなるほど……。確かロゼッタちゃんは、ここに入ってまだ三日目だったっけ？」

この見慣れない受付嬢の名前はロゼッタというらしい。それに就職して三日目なら、俺とちょうど入れ違いとなっている。どうりで彼女の顔を知らないわけだ。

「は、はいそうですが……」

「うん、それならロゼッタちゃんは悪くないね。じゃあ次から覚えておこう。この人はジンさん、この街一番の変人よ。やることも言うことも常識から離れ過ぎているから、ギルドの対応マニュアルは全く通じません」

……ギルドの受付嬢が顧客であるハンターを『変な人』呼ばわりするのは、いかがなものだろうか。せめて俺のいないところで言ってくれ……いや、それはそれで嫌だな。

「で、ではどうすれば……？」

「簡単よ。そのままジンさんの言う通りにしておけばいいの」

「い、言う通りに……ですか……？」

「そ。幸いなことに彼は嘘をつくような人間じゃないわ。彼が『できる』と言ったら、それはできることなの。一々常識と照らし合わせて考えているとこっちが疲れちゃうだけよ？」

「な、なるほど……」

ふむ、なにやら全く聞きたくなかった会話を聞いてしまった。ハンターズギルドは、長年ずっと俺を変人として見ていたのか……。

「それではジンさん、先ほどは大変失礼いたしました。『雷龍の討伐』、クエストの達成時期は今夜十時で承りました」

ロゼッタは先ほどとはうって変わって、営業スマイルを維持したまま流れるように——全て俺の言ったとおりに手続きを終わらせた。

「……あぁ、ありがとう」

そうして俺はなんとも微妙な心持ちのまま、ひとまずアイリを自宅へ送り届け、雷龍の討伐へ向かった。

■

「くそがっ！　ぶち殺してやるっ！」

無謀にも世界最強のハンターと名高いジンに喧嘩を吹っかけた男——ボロンは路地裏で一人、大声でわめきちらす。

「くそ、くそくそくそ——くそっ！」

何度も何度も、路地の壁を力いっぱい殴りつけた。手の甲にはじんわりと血が浮かび上がっている。

「なんでだよ……おかしいだろ……っ」

彼は隣町に住むハンター。腕には相当の自信があり、彼の住む町で彼に敵うハンターなどいなかった。普通は達成するのに一週間以上かかるＳ級クエストも、五日という短時間でそれもたった一人でこなしたことすらある。

「……化物めっ」

しかし所詮は井の中の蛙だった。

歯が立たないなんてものじゃない、『勝負』にすらならなかった。

「あの噂は全部本当だったってことかよ……」


曰く、武器を忘れたので、落ちていた枝で龍を狩る男。

曰く、腹が減ったので食材として龍を狩る男。

曰く、一人で王都の一流ハンター数十人を半殺しにした男。


初めてこの噂を聞いたときは鼻で笑った。

「そんなわけがあるか」と。「自分を大きく見せるために吹いて回ったほら話だ」と。

しかし、ジンと戦った今ならわかる。どれもこれも「やりかねない」ということが。

「……ぜってぇ許さねぇ、ぶち殺してやる」

ボロンは憎しみの炎に身を焦がす。

逆恨みではあるが、あれほどの衆人環視の中で大恥をかかされた。その事実が、彼から正常な思考を奪う。

「……それなのに……なんでだよ。……どうして動かねぇんだよっ！」

ボロンは必死に自分の両足を殴りつける。別に重度の怪我を負ったために動かないのではない。『ジンと戦いに行く』――そう思った瞬間、彼の足はまるで石像になったかのように固まってしまうのだ。

「……ははっ、この俺がビビッちまったってか？」

言葉でなんと取り繕おうとも、彼の心は折れてしまったのだ。あまりにも高過ぎた、望むことすら敵わなかった頂――ジンに。

「それならいいさ、別に直接奴とやり合わなくとも……。奴を苦しめる手段なんて、いくらでもある……っ！」

ボロンは何も腕が立つだけではない。意外にも計算高く、何より悪知恵が働く。

「ふふっ、まずは情報収集だ。あいつを――くそったれのジンを丸裸にしてやるっ！」

そのあと、武器を隠し、服装もごく普通の一般市民が着るような軽装に着替え、聞き込み調査を開始した。

すると驚くほど簡単に情報が集まった。

ジンは小高い丘にあるバカでかい屋敷に住んでいること。二人の娘――スラリンとリューがいること。そしてこの二人を何だかんだ言いながら、溺愛していること。ほんのつい先ほど、ギルドの受付嬢と何やら揉めていたこと。たった今、雷龍ジェネリアの討伐に向かったこと。

ほんの数人に聞き込みをしただけでここまでわかった。

（雷龍の討伐に向かったということは……ジンは今留守ということ……。ふっ、これはまたとない絶好のチャンスだっ！）

既にジンに勝つ気など、彼には毛頭なかった。

目的はただジンを苦しめること、自分と同じ絶望の淵に立たせること。

（二人の娘がいるとかなんとか……へへっ、こいつは楽しみだぜ……）

そして今。今まで得た情報の確実性を確認するために、最後の一人に聞き込みを行う。すると――。

「ん、あんたもしかして、昼頃ジンに喧嘩売ったハンターか？」

「っ⁉」

運の悪いことに、よりによってあの場にいたハンターに声をかけてしまった。

「はっはっは、その顔やっぱりそうか！　だとすると、そうだな……。目的はジンへの復讐……ってところか？」

「……へっ、そこまで見抜かれちゃ仕方がねぇ、悪いが数日はベッドの上だぜ」

ボロンは懐から隠していた短剣を取り出す。

しかし、目の前のハンターの男は武器を持つどころか、構えることすらしなかった。

「馬鹿、やめとけやめとけ。俺は別に止めるつもりなんてねぇからよ」

「……なんだと？」

ボロンは続きを促す。

「どこまで調べたかは知んねぇが、ジンの家はあっちの小高い丘の上にある。勝負を挑むなり、闇討ちをしかけるなり、まぁ、殺されねぇ程度に頑張んな」

そういうとハンターの男は、手に持つ酒瓶をグイっとあおった。

「……あっ、そうだ。ジンは優しいから大丈夫だけど、あの嬢ちゃんたちに手を出すのはやめとけよ？　ああ見えて彼女ら、無茶苦茶つぇー上に全く容赦ねぇから……って、もう行ったか」

するとボロンは話の途中でいきなり駆け出し、闇夜に紛れて消えてしまった。

「あー……俺、知ーらねっ」

■

（危なかった……。まさか聞き取り調査の対象が、偶然にもあの場にいたハンターだったとは……）

せっかく立てた計画が台無しに終わることを恐れたボロンは、隙を見てあの場から一目散に逃げ出した。

（しかし、さっきのハンター……。変な奴だったな……）

同僚であるジンを襲おうとしているのに、止めようとするどころか楽しそうに笑っていた。

（そうだよ……他の奴等だって変だ……）

一般人のような軽装をしているといってもボロンはハンターだ。当然体も鍛えている。そんなガタイのいい男が露骨な軽装で、なぜ誰にも怪しまれなかったのだろうか。

ジンに煮え湯を飲まされてから時間が経過し、少し冷静になった彼の頭にいくつもの不審な点が思い浮かぶ。

（……いや、今はそんなことはどうだっていい。十分な情報も集まった……あとは、ジンの娘をかっさらうだけだ……っ！）

聞き取り調査で得た情報を頼りにジンの家を目指して歩いていくと――一軒の大きな屋敷が見えてきた。

（なるほど……ここがジンの家か……確かにでけぇじゃねぇか）

そのあと、彼は家の回りをグルグルと何度も回り、侵入できそうな場所を探す。

（……へへ、よし。裏口の窓が開いてるな）

侵入経路を決定し、いざ乗り込もうとしたそのとき――。

「ねぇ……おじさん、誰……？　ジンの……お友達……？」

銀髪の少女が音もなく彼の背後に立っていた。

（っ⁉）

ボロンは驚愕（きょうがく）に言葉を失い、銀髪の少女から大きく距離を取った。

（こ、この俺が後ろを取られる……だとっ⁉）

彼はS級クエストを一人でこなすやり手のハンター。そんな自分が背後を取られたことが、信じられなかった。

（ジンのことに気を取られ過ぎたか……くそっ、つまらねぇミスを……っ！）

「……どうしたの？　もしかして……ジンの友達じゃなかった……？」

銀髪の少女――リューは少し困り顔で首を傾げた。

彼女は家の周りでゴソゴソと妙な音がしたので、少し様子を見に来たのだ。するとそこにいたのは見知らぬおっさん。いったいどうしたものかと、非常に困惑していた。

「あっ、い、いや！　なんでもない！　そ、そう、おじさんはジンの友達なんだよ。今、ジンはいるかな？」

　ボロンは会話を繋（つな）ぎながら、リューをつぶさに観察する。

（こいつがジンの娘の一人か……？　いや、それにしても、あの腰に生えた一対の白い翼……獣人族か――厄介（やっかい）だな）

　獣人族はその身に獣の特性を宿す種族。獣の力を自由に行使できるため、人間よりも単純な戦闘力は上だ。

（どう見てもただのガキだが、念のため正面からの戦闘は避けるか……。隙を見て一撃で意識を奪うのがベストだな）

「残念……ジンは今、お仕事中……」

（知ってるよ）

「どうする……家で待つ……？」

（っ！）

ボロンは突然降ってわいたチャンスに、内心ほくそ笑む。

「おっ、いいのかい？　それじゃお言葉に甘えようかな」

「ん……。それじゃ、こっち……」

そういって、リューはボロンに背を向け、家の方へと歩いていく。

（馬鹿めっ！）

彼がそんな絶好のチャンスを逃すわけもなく、両手を重ね合わせて、そのまま一思いにリューの後頭部を殴りつけた。その瞬間――。

「いっづっ⁉」

まるで巨大な岩石を素手で殴りつけたかのような、あり得ない感触と衝撃が両腕を襲った。大声で泣き叫びたいのを歯を食いしばって押さえつける。

（いってぇぇえええええっ⁉　何だこのクソガキ、頭に鉄板でも仕込んでんのかっ⁉）

「……どうしたの？」

リューはいきなり奇声をあげたボロンへ問いかける。彼女に『殴られた』という認識は全くない。それも当然のことだ。今は少女の形態をとっているだけであり、真の姿はこの数百倍の大きさを誇る。小さな人間が全力で殴りつけようとも、何の痛痒も感じない。

「あ、い、いやっ！　な、ななんでもないよっ！　ご、ごめんね、急に変な声だしちゃってっ！」

ボロンは苦しい言い訳を並べ、赤く腫れあがった両手を後ろに隠した。

「そう……？　それじゃ……行こ……」

そういってリューは再び歩き始めた。

彼女の「何かあったんですか？」と言わんばかりの態度に、ボロンは激しく動揺する。

（……誘っている、のか？　気付いていない……わけはない……。ならばどうして俺を屋敷に招き入れる……？）

「……来ないの？」

「あ、あぁすまん。今行くよ」

（俺は本当に入っていいのだろうか……この屋敷に）

漠然とした不安を抱きながらも、ここで退くわけにはいかないボロンは、ジンの屋敷へと足を踏み入れた。

■

「お、おじゃまします」

普段ならばそんな礼儀正しいことは、絶対に言わないボロンであったが、今ばかりは自然と口に出た。

「こっち……」

そのままボロンは、リューの案内に従って家の中へと進んでいく。

（見た目以上に中は広いな……）

鉄のように固い頭を持つ少女と一緒に化物の家の中にいる。なんとも言えない不安感が、ジリジリと彼の精神をあぶっていく。

そのまま歩いていくと――。

「お腹すいたー……。お腹すいたよー……」

前方から青い髪をした少女――スラリンが現れた。両手をお腹に添えて、目が虚ろになっている。

極度の空腹にあえいでいるようだ。

（この娘は……見たところ普通の人間だな。よし、隙を見てこっちのを攫っちまおうか）

彼がそんな算段をつけていると――。

「あー腹すいたー……。お腹へったー……。腹ぁ、へった……。何か食わねぇと……死ぬ……」

（……あれ？　何か言葉遣いが……）

スラリンの言葉遣いが本来のものへと戻っていった。大好きなジンもおらず、空腹もかなりのものとなっているため、化けの皮がはがれてきているのだ。

「スラリン……猫かぶれてないよ……？」

「うるせぇ……。こっちはもう限界なんだよ……」

「ふふっ……この姿をジンに見せてあげたい……」

はるか昔から因縁が続く二人は、いつもすぐに険悪な雰囲気を作り出す。

「……食い殺すぞ」

「……やってみろ……燃やし尽くしてやる」

次の瞬間、スラリンの足元から黒い影のようなものがあふれ出した。影は廊下をどんどん浸食していく。リューはそれに触れないよう、すぐさま腰に生えた翼で空を飛んだ。

「えっ、ちょ、何だこ——っ⁉」

彼は摩訶不思議（まかふしぎ）な現象に動揺を見せたが——すぐさま自身が死の淵に立たされていることに気付いた。いったいどういう仕組みなのか、床が壁が棚が——あの黒い影に触れたもの全てが一瞬にして消滅した。

幸いにして影の矛先（ほこさき）はリューに向いているが、影は今もその範囲を広げている。いつ自分が消されるかもしれぬ危機的状況だ。

そしてリューが反撃にドラゴンブレスを繰り出そうとしたそのとき——。

「ひ、ひぃいいいいいっ⁉」

ボロンは今まで築きあげてきた自信・プライドをかなぐり捨て、悲鳴をあげて逃走した。しかし、その逃げ先が悪く、どんどん屋敷の中へ中へと入っていってしまう。

「……しまった。……ジンに怒られる」

リューは青い顔をして、ポツリとそう呟（つぶや）いた。

敏感に『ジン』というワードに反応したスラリンは、一時攻撃の手を止める。

「……どういう意味だ？」

「あれ……ジンのお友達……」

「え……っ」

スラリンから伸びていた黒い影は一瞬にして引っ込み――。

「「……どうしよう」」

二人は仲良く頭を抱えた。

■

「ひっ、は、ひぃ……はぁっはぁっ、んっはぁ……っ！」

ボロンは走る。広い屋敷の中を全力で。

（だ、駄目だっ。この一家はイカレてやがるっ！）

体重を乗せた全力の一撃を後頭部に受けても、ビクともしない銀髪の少女。

全てを消し去る謎の黒い影を操（あやつ）る青髪の少女。

そしてその二人の化物を従える化物中の化物――ジン。

（お、俺はなんてところに来ちまったんだ……っ！）

今になってボロンの心は『後悔』の二文字で埋め尽くされていた。

（くそっ、出口は……出口はどこだっ⁉）

錯乱しているために、ただでさえ広い屋敷がより広く感じた。

しばらく走り回ったところで、光りが漏（も）れる一室を見つけた。

（光……外かっ⁉）

わずかな希望を胸に、その扉を開けると――。

「あ、あら……？　どなたさまでしょうか……？」

綺麗な長い金髪の少女――アイリがいる厨房へと出た。

「お、お前もどうせ化物なんだろうっ⁉　へ、へへ、きっとそうだ。そうやって俺が無様に逃げ回るのを見て楽しんでいるんだろうっ⁉　なぁっ⁉　いい加減に出て来いよ、ジンっ！」

ボロンは激しく取り乱しながら叫んだ。しかし、当然ながらジンは現在雷龍の討伐に向かっており、この家にはいない。

「だ、大丈夫ですか……？」

心の優しいアイリは、突如目の前に現れた男に――。

「すごい汗ですね……。よろしければ、これを使ってください」

自身の白いハンカチを差し出した。

「えっ……いや、その……あ、ありがとうございます……」

(ど、どういうことだ……？　彼女は『普通』なのか……？)

彼女のあまりにも常識的な対応と、その優しさにボロンは困惑する。

「ところであなたは、どちらさまなのでしょうか？」

アイリは先ほどと同じ質問を繰り返した。

「お、俺はジンの古い友人だ。あの銀髪の娘に連れられてここに来たんだ」

「あっ、そうだったんですか！　私はアイリと言います。今後ともよろしくお願いしますね」

そういってアイリは腰を折って、礼儀正しく挨拶をした。

「あ、あぁ、どうも。俺はボロンという、よろしく頼む」

(あぁ……よかった。彼女は、彼女だけは普通だ……)

彼の頭の中にもはやアイリを連れ去ろう、ジンに痛い目を見せてやろう、といった考えはなかった。いち早くこのモンスターハウスから抜け出したい。ただそれだけを望んでいた。

「――ところでボロンさん、お腹はすいていませんか……?」

「まぁ、減ってはいるが……」

「そうですかっ！　それはよかったです！」

そういってアイリは嬉しそうに、鍋の中からどす黒い『ナニカ』をなみなみと皿に注いだ。

「カレーなんですけど、よろしければ感想を聞かせてもらえると助かります」

アイリは先日の大失敗以来、一人料理の特訓に明け暮れていた。

(な、なんだよ……これ……)

彼は黒より黒い色を生まれて初めて見た。

(食い物じゃねぇ。いや……もはやこの世のものじゃねぇ……)

その料理の概念を超えた暗黒物質を前に、ボロンは自分の考えの甘さを恥じた。

(そうだよ……。俺は何を期待してたんだ……？　この家の連中にまともな奴がいるわけねぇじゃねぇか……)

「あっ、すみません。飲み物も今、お出ししますね」

そういってアイリが水を用意しようと後ろを向いたそのとき――。

「――くそったれがっ！」

一瞬の隙を突いて、ボロンは厨房から逃げ出した。

「えっ、ボロンさんっ？」

アイリの驚いた声を気にも留めず、ただ廊下をひた走る。彼には自分がこの広い屋敷のどこを走っているかなんてもうわからない。

すると――。

「あっ、見つけた！　さっきは驚かせてごめんねー。悪気はなかったんだよー」

「ごめん……完全に忘れてた……」

背後から、スラリンとリューが申し訳なさそうな表情で駆け寄ってきた。

それに加えて――。

「ボロンさん、どうしたんですか⁉」

厨房に一人置いてけぼりを食らったアイリも、突然部屋を飛び出したボロンを心配して追いかけてきた。

（くそっ、化物どもが意地でも逃がさねぇってか⁉）

ボロンはそれでも必死に生にしがみつく。

（くそっくそっくそっ！　こんなところで死んでたまるかっ！）

持てる力の全てを使って走ると――。

（あ、あれはっ⁉）

前方に見たことのある扉が、この屋敷に入るときに使った玄関の扉が見えた。

（あ、あったっ！）

ようやく見つけた地獄からの出口に、ボロンは嬉しさのあまり泣きそうになった。しかし、すぐさま緩みかけた気を引き締め直し、背後に迫る化物たちとの距離を確認する。

（よし、いけるっ！　幸いにして奴等の足はそれほど速くない！　これだけの距離が空いてりゃ、逃げ切れるっ！）

彼には、この屋敷から抜け出せさえすれば逃げおおせる自信があった。彼とてこれまでハンター一筋の生活を続けてきた熟練のハンター。木や岩や草などの――障害物のある外での追いかけっこなら、モンスターに負けるつもりはなかった。

（俺の……勝ちだっ！）

そうして玄関の扉を開け放つとそこには――。

「ん……？　確かお前は……昼頃の……」

雷龍の血にまみれたジンが立っていた。

タイミングの悪いことに、ジンは雷龍の討伐を済ませ、たった今この家に帰ってきたのだ。

「くぁ……じ、じじじ、ジ……ン……っ」

その言葉を最後にボロンは意識を手放した。ジンへの恐怖が生きる意志を上回ったのだ。

「……何なんだ、こいつは？」

ジンが一人頭をひねっていると――。

「あー、ジーンおっかえりーんっ！　お腹すいたよぉーっ、ご飯ご飯っ！」

「ジン……おかえり……。早速だけど、ご飯を……所望する……っ！」

「ジンさん、おかえりなさい。ご飯にしますか？　それともお風呂にしますか？」

スラリン・リュー・アイリの三人が温かくジンを出迎えた。

「あぁ、ただいま。先にお風呂をいただきたいところだが、その前に――この男は何なんだ……？」

そのあと、三人は『ジンの友人』と言うが、彼にそんな心当たりはない。ジンは仕方なくハンターズギルドに気を失ったボロンを届けてやった。

6 クエスト初体験

雷龍ジェネリアの討伐を終えた翌日。

俺はアイリをこの世界に慣れさせる次のステップとして、クエストに誘ってみることにした。

昼メシを終え、片付けが済んだところで彼女に声をかける。

「そうだアイリ、もしよかったら今日一緒にクエストに行ってみないか？」

「クエストに……ですか？」

「あぁ。以前にも少し話したが、こっちの世界には多くのモンスターとそれを狩るハンターが存在する。一緒にクエストに行けば、モンスターとハンターについて詳しく知れるんじゃないかと思ってな」

この世界においてハンターの果たす役割は大きい。街を襲う凶暴なモンスターの討伐から、行商人・要人の護衛、住居や衣装にも使用されるモンスターの素材の収集、森の奥地に生える薬草の採取などなどだ。

ハンターの仕事を知ることは、人々が今何を求めているか、どのようにして経済が回っているかを理解する大きな助けとなる。それにモンスターの危険性についても早い内に理解しておいた方がいいだろう。

「なるほど……確かにその通りですね。ですが、私なんかがいたらお邪魔にならないでしょうか……？」

「そこは心配無用だ。今日行くクエストは、難易度の低いものにしようと思っている。そうだな……だいたいＤ級あたりが手頃だろう」

Ｄ級クエストは、薬草の採取や商人の護衛などなど危険度の低いものだ。これならば万が一にも彼女の身に危険が及ぶことはないだろう。

「ではお邪魔でないのなら、お願いしてもいいでしょうか？」

「あぁ、こちらこそよろしく頼むぞ」

アイリの了解も無事に取り付けることができた。

「さて、それじゃ早速ギルドに向かお――」

「――はいはーいっ！　リンもいくー！」

「……右に同じく」

先ほどから黙って話を聞いていた二人が突然バッと右手をあげ、参加表明をした。

「おっ、何だか知らんがずいぶんとやる気だな。もちろんいいぞ」

スラリンとリューが一緒に来てくれるなら、アイリの安全はもはや完璧なものとなる。

「「やったーっ！」」

二人は何がそんなに嬉しいのか、ハイタッチをして「ふふふふっ」と怪しげに笑った。

（へへーんっ！　ジンと二人きりのお出かけなんてさせないもんねーっ！）

（……当然、抜け駆けは許さない……私たちもついていくっ！）

少し二人の様子が変だが……。まぁ大丈夫だろう。スラリンとリューはたまに情緒不安定になるが、そのときは時間が経過するかメシを与えると元に戻るというのが俺の経験則だ。

「さて、それじゃハンターズギルドに行こうか」

「りょーかいっ！」

「あいー」

「はい、行きましょう！」

それから念のために帰還玉やポーションなど必要最低限のアイテムをスラリンの体に保管した俺たちは、ハンターズギルドへと出発した。

■

春のうららかな日差しを全身で感じながらしばらく歩くと、ハンターズギルドが見えてきた。

「よし、着いたぞ」

木製の扉を開けて中に入ると、そこはいつものように大勢の人々で賑わっていた。クエストを発注しにきた商人・クエストボードと睨み合いを続けるハンター・昼間っから酒をかっくらっている中年などなどだ。

「おーっ！　久々のギルドだーっ！」

「……少し懐かしい……気がする」

基本昼寝をしているか、俺にべったりとくっついているスラリンとリューがこうしてギルドまで出てくることは珍しい。二人は懐かし気にキョロキョロと周囲を見回した。

そしてつい先日、ここを紹介したばかりのアイリは――。

「うわぁ、相変わらずすごい数の人ですね……」

その人の多さに少し圧倒されていた。

「早朝と深夜はもう少し静かなんだが、今はちょうど昼時だからな。――さて、こっちだ」

こんな扉の真ん前に突っ立っていても仕方がない。

クエストボードが設置されているところへ向かって歩く。

すると顔見知りのハンターたちが何やらこっちをチラチラと見ながら、話をしているのに気付いた。

「お、おいおい。嬢ちゃんたちが勢揃いしてんじゃねぇか⁉」

「ジンの奴、どこの街を滅ぼす気だ……？」

「うーん、流れ弾も怖ぇし……今日のクエストはキャンセルしとこうかな……」

いったい何を話しているのか、微妙に顔が引きつっている。

「さて、クエストボードはあっちだ」

アイリたちを連れて、俺はクエストボードの前に立つ。

「うわぁ……ここにあるの全てがクエストなんですか⁉」

壁一面に所狭しと貼られた依頼書を見たアイリが驚きの声を上げる。

「あぁ、そうだ」

ハンターへの依頼はあまりに多く、それもギルドの話によれば年々増加傾向にあるらしい。

最近はここに商機を――一獲千金(いっかくせんきん)を見出(みいだ)した新人ハンターも増え、それに応じてギルドの仕事も鬼のように増えているらしい。先日「慌てて求人を出した」とタールマンさんが苦笑しながら言っていたほどだ。

「さて、それじゃ早速いい感じのクエストを探すか」

「はい！」

「りょーかいっ！」

「クエスト選びは……重要……っ！」

そうして各自いい感じのクエストを探すために、俺たちはばらけた。

それからほんの一分後。

「ジン、ジン！　これなんかどう？」

元気よくスラリンが一枚の依頼書を指差した。

「もう見つけたのか、早いな」

スラリンが指差した依頼書を見る。

「どれどれ――」

彼女の指先に貼られてあった依頼書は――『オークの群れの討伐』だった。

「……却下だ」

「えーっ⁉　なんでなんで⁉　すっごくいいクエストだと思うよ！」

残念ながらスラリンは、今回わざわざアイリと一緒にクエストに行く意味を理解していないようだった。

「……一応聞くが、このクエストのどのあたりが『すっごくいい』と思ったんだ？」

おそらく、ほぼ間違いなく、スラリンが食欲で動いていることに疑いの余地はない。

しかしながら、何でも決めつけはよくない。一応彼女の答弁も聞いてみるべきだ。

「だって、オークだよ⁉　すっごく美味しいんだよー⁉」

「……そうか」

残念ながらやはり食欲のみでのセレクトだった。

今回の意図をどこから伝えるべきだろうか……。

俺が頭を悩ましていると――。

「ジン、すごく……いいものを見つけた……っ」

自信ありげなリューが俺の服の袖を引っ張った。

「おぉ、そうか。どのクエストだ？」

「……あれ」

そう言ってリューが指差した依頼書は『薬草採取』だった。

――素晴らしい。彼女はちゃんと俺の意図するところを酌んでくれていたようだ。

「いいじゃないか。そうそう、こういうのを探して……んん？」

　依頼書の詳細を確認した俺は、そこに書かれたとある一か所に目が釘付けになる。クエストの目的地が、ロッジ山脈となっていたのだ。

　ロッジ山脈——標高一万メートルを超える大山脈である。道中には大小様々なモンスターがおり、付近にはいくつもの飛龍の巣がある。かなりの大冒険になることは優に想像できた。

「……却下だ」

「ど、どうして……？」

　大きく一歩後ずさるリューに、俺は確信めいた推理を言い放つ。

「完全に……みんなで空を飛びたいだけだろう……？」

「……バレた」

「バレバレだ……」

　残念ながら今回のクエスト選びにおいてこの二人は、あまり力にならないようだ……。どちらも自身の欲求に素直過ぎる。

　すると——。

「あっ、ジンさん。こんなのはどうでしょうか？」

　先ほどから静かに依頼書を見ていたアイリが声をあげた。

「どれどれ——ふむ、毒消し草の採取か、悪くないな」

　彼女が指差した依頼書には『毒消し草リフラル一キロの採取』と書かれてあった。場所はラグナ山地の麓だ。採取クエストであり、必要な量も少なめ、場所もここからそう遠くないラグナ山地の麓。まさに満点の回答と言ってもいいだろう。

「素晴らしい。さすがはアイリだ」

「は、はいっ！　ありがとうございますっ！」

実際はごくごく普通の選択だが、スラリンとリューのあとだと素晴らしい選択に見えてしまう。

「むぅ……ちょっと待った！　リンがもっといいの見つける！」

「……わたしも……負けないっ！」

競争心に火が付いたのか、二人はムキになってクエストを探し始めた。

それからというもの――。

「ジン、ジン！　これはどう!?」

「……スラリンは一旦討伐クエストから離れようか」

「ジン……これも素晴らしい……っ！」

「……リューよ、A級クエストはさすがにどうかと思うぞ？」

二人は次々におすすめのクエストを持って来たが……どれも採用には至らなかった。

結局そのあと、一件ほど良さそうなクエストがあったのでそれらを受注することにした。
・毒消し草リフラル一キロの採取。
・小型の豚ラグートン三匹の捕獲。

場所は全てラグナ山地の麓だ。一件だけモンスターと接触するクエストが混じっているが、これはF級クエスト。それにラグートンは臆病な草食モンスターであり、人を襲うことはない。

「ふむ……まぁ、こんなところでいいか」

二件ともに駆け出しハンター用のF級クエスト。

俺・スラリン・リュー。この三人がいれば、万に一つもアイリの身に危険が及ぶことはないだろう。

「……結局、一つも採用されなかった」

「いったい……どうして……」

自分の「おすすめのクエスト」が採用されなかった二人は、少しだけ気落ちしているようだった。

まぁ一緒にクエストに向かっていれば、すぐに機嫌を直してくれるだろう。何と言ったって、二人は冒険が大好きだからな。

「さてそれじゃ、早速ラグナ山地へ向かうとするか」

「はいっ！」

「はーい……」

「……了解」

そうして俺たちはラグナ山地へと出発した。

ハンターズギルドを出て、北へ北へと歩いていく。

街を抜け、街道を進み、ひたすらに歩くことしばし。

ようやく前方にラグナ山地が見えてきた。

「どうだアイリ、そろそろ休憩にするか？」

日頃から鍛錬を積んでいる俺や桁外れの身体能力を誇る暴食の王・破滅の龍と違って、アイリはごく普通のエルフだ。一般的にエルフは頭がよく、手先が器用だが、その反面身体能力は高くない。彼女の体力を考えたペース配分で歩くべきだ。

「いえいえ、まだまだ全然へっちゃらです！」

「そうか、それならいい。だが、もし疲れを感じたら隠さずにすぐに言ってくれよ？」

「はい、ありがとうございます」

そのまま山道特有のグネグネとした道を歩いていくと――。

「ねぇねぇ、ジン！　これ見て見てーっ！　綺麗なお花がこーんなにたくさんっ！」

スラリンが元気よくぴょんぴょんと跳ねながら、とある一か所を指差した。

「どれ……ふむ、これはラムジスだな」

スラリンの指差した先には、紫色の可愛らしい花がたくさん咲いていた。花弁の形状・鼻を刺す独特なにおいから判断して、ラムジスで間違いないだろう。

「ラムジス……このお花の名前でしょうか？」

アイリのいた世界には存在しない種類の花なのだろう。彼女は興味深そうにしげしげとラムジスを眺めた。

「あぁ、この花はラグナ山地に広く分布している。見た目は可愛らしいが、少し注意が必要な種だ。茎の部分に強い麻痺毒を含んでいるからな」

「そ、そうなんですか⁉」

「あぁ。だから間違ってもうっかり口に含んだりしないようにな」

「は、はい。ですが、さすがにお花を食べたりは――」

「――えへへぇ、いっただっきまーすっ！」

するとー本の黒い影を出したスラリンが、ラムジスを周囲の土ごと飲み込んでいった。

「はむはむはむ……。うーん、おいしーっ！」

彼女はほっぺたに手を添え、身をぐねぐねとねじっていた。散歩をしたところだったので、ちょうどお腹がすいていたのだろう。

「こらこらスラリン、あまり食べ過ぎるなよ」

「はーいっ！　ちゃんと加減しまーす」

ある程度注意しておかないと、ここら一帯の草木がなくなってしまう。

そしてそんな光景をぼんやりと眺めていたアイリがポツリと口を開いた。

「え、えっと……スラリンさんは、大丈夫……なんですよね？」

「あぁ、心配は無用だ」

スラリンは完全な雑食性。放っておけば何でも食べるし、何でも消化する。彼女に食べられないものはない、たとえ毒物だろうが何だろうがおいしく召し上がってしまう。

アイリにはスラリンが暴食の王という伝説上の存在であることは伝えてある。しかし、彼女はまだスラリンの本当の姿を見ていないので、イマイチ実感に欠けているようだった。

（そのうちスラリンとリューの本当の姿を見せておいた方がいいかもしれないな）

少々刺激が強いかもしれないが、これから一緒に生活していくんだ。一度くらいは見ておいた方がいいだろう。

そんなことを考えながら、俺はパンパンと手を打った。

「さて無事に目的地にも着いたことだし、早速毒消し草を探そうか」

「はいっ！」

「はーいっ！」

「……任せてっ！」

三人の元気の良い返事を受けた俺は、彼女たちに一枚の紙を手渡す。

「ジンさん、これは？」

「おいしそうな、緑の葉っぱだーっ！」

「……何度か……見た気がする」

「これが今回のターゲット――毒消し草リフラルだ」

クエストを受注した際に受付嬢から手渡されたその紙には、珍しい形をした草が描かれていた。葉っぱがなく、細長い茎が伸び、その先端がグルグルと蜷局を巻いている。特徴的な形の草なので、探すのにはそう苦労しないだろう。

「なるほど、これを探せばいいんですね！」

「よーっし、それじゃ誰が一番最初に見つけられるか勝負だー！」

「……ふっ……受けて立つ」

そうしてアイリ・スラリン・リューの三人は、バラバラに四方へと散っていった。

「あまり遠くまで行くんじゃないぞー」

少し大きな声でそう言うと。

「はいっ、わかりました！」

「わかったーっ！」

「……心配無用っ！」

三人から再び心強い返事が返ってきた。

「さてと、それじゃ俺も探し始めるか」

俺はアイリの近くの茂みへと向かい、視界の端に常に彼女を捉えながらリフラルを探す。

こうしておけば万が一、モンスターが襲ってきた時でも楽に対処することができる。

「ふむ……このあたりが怪しいな……」

毒消し草リフラルはジメジメとした日陰を好むため、木陰や岩陰のような直射日光の当たらない場所を重点的に探していく。

すると――。

「あーっ、あったあったっ！」

少し先の方でスラリンの大きな声が聞こえた。

「おっ、どれどれ……」

俺たちは一旦探索を打ち切り、スラリンの元へと集まった。

そこには葉っぱがなく、細長い茎が伸び、その先端がグルグルと蜷局を巻いた草が鬱蒼と生い茂っていた。

「確かに、これは毒消し草リフラルで間違いないな」

記憶にあったリフラルと一致しており、ギルドで受け取った絵と見比べても全く同じものだった。

「やったーっ！　それに見て見てっ！　まだまだこーんなにいっぱいあるよ！」

「ほぅ、これだけあれば十分だな。お手柄だぞ、スラリン」

「えへへぇー。もっと褒めて褒めてー」

「よしよし。よくやったぞ」

彼女の頭をワシワシと撫でてやると、嬉しそうに身を擦り付けてきた。スライムの種族的なスキンシップなのだろう。彼女はよくこうして近寄ってくる。

「ぐ、ぐぬぬ……猫かぶりめ……っ」

「ま、負けていられませんね……っ」

チラリとリューとアイリの方を見ると、二人とも悔しそうな表情を浮かべていた。

（……やる気があるのはいいが）

別に競争をしているわけではないので、もっと和やかにやってくれればいいんだがな。

とは言うものの、二人のやる気に水を差すのはどうかと思われたので、あえて口にはしなかった。

そのあと、持って来ていた袋にリフラルを詰め込み、一つ目のクエスト『毒消し草リフラル三キロの採取』はこれで達成だ。

「さて次はラグートン三匹の捕獲だな」

ラグートンは草を主食とする小型の豚。これまで人を襲った例は一度も報告されておらず、極めて無害なモンスターとされている。繁殖能力も凄まじいが、最も特筆すべきはその環境適応能力。熱砂に沼地、極寒の大地とほぼあらゆる地方でその姿が目撃されている。そしてその肉には濃厚な脂がこれでもかというほどに乗っており、多くの人々に好まれている。

「「ラグートンっ！」」

その単語に目を輝かせたのは、スラリンとリューだ。

二人の大好物はラグートン――というよりも正確にはモンスターの肉だ。別にラグートンの肉が大好物というわけではなく、『肉』が大好物なのだ。

「ねぇねぇ、ジン！　リンはラグートンいーっぱい食べたいっ！」

「……同じくっ！　お肉なら……いくらでも食べられる……っ！」

二人は目をキラキラと輝かせながら、こちらに詰め寄ってきた。

「待て待て、とりあえずクエスト達成条件の三匹を捕獲してからだ。そのあとは好きに食べるといい」

「「ぃやったーっ！」」

二人は仲良くハイタッチして喜んだ。

普段はあまり仲の良くない二人だが、こういうメシが絡んだ時だけは息が合うみたいだ。

「ラグートン……そんなにおいしいんですか……？」

これまでラグートンを見たことも、食べたこともないアイリは首を傾げた。

「あぁ、確かにアレは絶品だな。何と言ったらいいか……龍種の肉とは違った『旨味』があるんだよ」

龍種の肉があっさりとした——切れ味のある旨味だとするなら、ラグートンの肉はインパクトのある重厚な旨味だ。まぁ何にせよ、どちらの肉も酒によく合うことは間違いない。

「な、なるほど……それはちょっと楽しみですね」

ゴクリとアイリが生唾を飲む音が聞こえた。ラグートンの肉を食べる想像でもしたのだろう。彼女がこうなるのも無理のないことだ。

アイリの元いた世界では、ゼルドドンという小型の飛龍がエルフの森にすむ動物を食べ尽くしてしまい、肉は非常に希少なものだったのだから。

「さて、ちょっと待ってろよ……」

俺は意識を鼻に集中させ、周囲のにおいを嗅ぎ分ける。

(ん……これはモンスターの腐臭だな。……こっちは果実の甘酸っぱい良いにおいだ。……おっ、この泥臭い特徴的なにおいは……ラグートンだな)

何度も嗅いだことのあるラグートンのにおいを捕捉することに成功した。

「見つけたぞ、こっちだ」

そのまま物音を立てないように忍び足でにおいの元へと向かっていくと——。

「ブッヒャブッヒャ！」

「ブヒヒヒヒッ！」

「ブヒャッヒャッヒャッ！」

前方にラグートンの姿を捉えた。

（七、八、九……ほぅ、これはついているな）

ざっと数えても軽く二十匹を超えている。運のいいことにラグートンの群れを見つけることができたようだ。

「「ら、ラグートンっ！」」

スラリンのだらしなく開いた口からタラリとよだれが垂れ、リューは背に生えた翼をパタパタとせわしなくはためかせている。

「落ち着けスラリン。リューも翼を止めてくれ」

ラグートンは鈍感だが、非常に臆病なモンスターだ。俺たちの存在に気付かれたら面倒(めんどう)なことになる。

（今回のクエストは討伐ではなく『捕獲』だからな……）

無傷で捕えるためにも、ラグートンには気付かれないようにしなければならない。

「あ、あれがラグートン……初めて見ました……」

アイリは興味深そうに目の前の丸々と太ったピンク色の豚をジッと見ていた。

「さてそれじゃ早速だがスラリン――任せたぞ？」

「うん！」

捕食や捕獲はスライム(スラリン)の専売特許だ。俺やリューが下手(へた)に手を出すよりかは、彼女に任せた方がいい。

「……間違っても全部食べるんじゃないぞ？」

スラリンのことは心の底から信用している。

しかし、こと飯が絡んだときだけはその限りではない。あまりに膨大な食欲に負け、これまで何度も暴走してきたという前科があるのだ。そのたびに俺とリューは全力で彼女を止めてきた。

「わ、わかってるよー？」

どこか目が泳いでいるが……まぁおそらく大丈夫だろう。

「ふへへへぇ……お肉ぅ……」

スラリンは地中に自らの影を潜り込ませていき、ここら一帯に伸ばし切ったところでコクリと頷いた。

「スラリン、準備はできたな？」

「うん！」

「よし、それじゃ一気にやってく――」

俺がそう言いかけたところで――。

「ブ、ブッヒャアアアアアアッ⁉」

突然、ラグートンの一匹が悲痛に満ちた鳴き声をあげた。

するとその瞬間、一頭の巨大なモンスターが森の奥から猛スピードで突撃してきた。

「ギュォオオオオオオオオオオオオンッ！」

漆黒の皮膚に真紅の体毛。捻じれ曲がった二本の巨大な角が圧倒的な存在感を主張しているそれは、何度か顔を合わせたことがあるモンスターだった。

「ほう……黒炎牛か」

こいつの討伐はS級クエストの中でもかなり難度が高い。――つまり報奨金が高く設定されているので、クエストボードで見かけるたびに必ず狩るようにしている。

（最近は少し忙しかったからな……。見逃していたのかもしれん……）

貴重な黒炎牛のクエストを見逃してしまったことを反省する。

「じ、ジンさん、どうしましょう……っ⁉」

ゼルドドンよりも軽く一回り以上大きい黒炎牛の襲来に、アイリは軽くパニックを起こしかけてしまう。その一方で――。

「あっ、大きいお肉だ！」

「……中々に……おいしそうっ！」

スラリンとリューは、ラグートンのように普段よく口にするものの名前以外は覚えていないようだった。それにしてもさすがは暴食の王に破滅の龍。食物連鎖の頂点に君臨する二人にとってみれば、黒炎牛も単なる『大きなお肉』扱いである。

「安心してくれ、アイリ。あれぐらいなら問題ないさ」

黒炎牛は確かに強い。しかし――所詮はS級クエストだ。『特級クエスト』クラスでない限り、大きな問題にはならない。

「あっ、それなら安心です」

全面的に俺のことを信頼してくれているのか、アイリはホッと胸を撫で下ろしてくれた。

「さぁ今日は、贅沢な晩メシになるぞ！」

「「やったーっ！」」

「楽しみですっ！」

今日の晩メシはラグートンと黒炎牛の肉をふんだんに使った料理だ。

（肉料理ばかりだと明日胃もたれを起こしてしまうから……。そうだな、帰りにいくつか野菜類を買っておくか。酒は……うん、まだまだ大倉庫にストックがあったな）

昔は食べ合わせや栄養バランスを考えなくとも、何でもいくらでも食べられたんだが……。寄る年波には勝てんというやつか、最近は肉ばかり食べていると胃もたれを起こすようになってしまった。

（全く年は取りたくないものだな……）

そんなことを考えながら、上機嫌に背の大剣を引き抜くと――。

「こんの、これでも食らいやがれっ！」

突如森の奥から現れた男が、手に持つ巨大なハンマーを黒炎牛の臀部めがけて振り下ろした。

「……ギュオ？」

しかし、その渾身の一撃は黒炎牛に痛痒を与えるには及ばなかったようだ。

「くそ……っ。何て硬ぇケツをしてやがんだ……っ」

突然黒炎牛に襲いかかった謎の男に続いて、三人の男女が姿を見せた。

（あれは……どこかのハンターか？）

見知った顔は一つもないが、彼らの装備を見る限り、ハンターで間違いなさそうだ。

巨大なハンマーを持ち、黒炎牛に襲いかかった男。

刃渡りの長い太刀を持った男。

巨大な盾とこれまた巨大な槍を持った重装備の男。

最後に、彼らの後ろで中型の弓を構える女。

（四人一組のパーティか……。なるほど、ターゲットはこの黒炎牛というわけか）

残念ながらこのお肉には、既に先客がいたようだ。

（しかし……彼らは大丈夫なのか……？）

今の一撃は完全に黒炎牛の死角から放たれた全力のものだったが……全くと言っていいほどにダメージが入っていない。それに彼らは見るからに満身創痍だった。膝や腕には青あざや擦り傷がいくつもできており、よくよく見れば太刀には刃こぼれがあるし、巨大な盾には大きなヒビが入っている。

（ふむ……新米のハンターには少し荷が重い相手だが……）

心配そうな顔つきで優しく彼らを見守っていると、巨大なハンマーを持った男と目が合った。

俺がハンターマナーの一礼をすると――。

「じ、ジンっ⁉」

どうやら彼は俺のことを知っているようだった。

「あれ？　ジンのお友達？」

「ジンは……みんなの人気者……っ」

「ジンさんはお顔が広いんですねー」

「ん、んんー……？」

頭を捻(ひね)って記憶を掘り返してみたが、やはり彼の顔に心当たりはない。

（それに……どうやら彼らは俺のことをよく思っていないようだしな）

いったい俺のどんな噂(うわさ)を聞いたのやら……。彼らは――特に男たち三人は露骨に不快げな顔で俺を睨み付けていた。

そんな男たちに対し、弓を持った女が何やら必死に話しかけていた。

「た、助けてもらいましょう……っ！　あのジンに協力してもらえば、黒炎牛にだってきっと勝てるわ！」

「馬鹿(ばか)言うな！　王都のハ、ハ、ハンターがジンの手を借りるなんて、できるわけないだろ！」

「そうだ！　俺たちにだってプライドってもんがある！」

「あいつのせいで、俺達は大恥をかかされたんだぞっ！」

モンスターを前にしていったい何をやっているのか……。彼らは仲間内で言い争いを始めてしまった。

すると――。

「ギュゥウウウウウウウウウンっ！」

突然、耳をつんざくような雄叫(おたけ)びをあげた黒炎牛が大きく口を開いた。

（ブレスか……面倒だな……）

奴のブレスはある意味で厄介(やっかい)だ。顔をあちらこちらに振り回しながら、四方八方へまき散らすものだから周辺の環境が荒れてしまうし、何より砂埃(すなぼこり)が鬱陶(うっとう)しい。威力は大したことないが、目くらましとしては大きな効果を発揮する。

「ギュモォオオオオオオオオオンッ！」

黒炎牛の口内に真(ま)っ赤(か)な光が充填(じゅうてん)され――解き放たれた。

真紅の光が大地を、空を駆け巡る。

そんな中、俺はスラリンに指示を出す。

「――スラリン、防御だ」

「了解！〈影の盾(シャドウシールド)〉っ！」

彼女の体からあふれ出した膨大な量の影が集積・結合し、一つの巨大な盾を形成した。

黒よりも黒く、見ていると吸い込まれていきそうな影は、真紅の光を、巻き上がる砂埃を――接触した全てを飲み込んだ。

「んー、おいしーっ！」

そう言ってお腹のあたりをさするスラリン。彼女にとっては吹き荒れる熱線は、温かいスープのようなものだ。

そして土煙が晴れるとそこには――。

「ぐっ……くそ……っ」

「ゲホ、ゴホ……っ」

「だ、大丈夫か、みんな……っ!?」

「な、何とか……」

地に倒れ伏す四人のハンターたちの姿があった。

（ふむ、見たところ直撃は避けたようだが……）

ブレス本体を回避するのに必死で、そのあとの衝撃波までは気が回らなかったのだろう。ハンマーを持った男の足に木片が刺さっていた。

（ポーションがあればいいのだが……）

そんな風に少し遠目から彼らの様子を窺っていると――。

「じ、ジンさん、助けてあげませんか？　このままじゃ、あの方々が殺されてしまいます……」

「ふむ……そうしたいのは山々なんだが……」

『ハンターのものに手を出してはならない』――子どもでも知っている、この世界の常識だ。

あの黒炎牛は彼らのターゲット。頼まれてもいないのに余計な手を出せば、今後遺恨が残ることは間違いない。

（それに何故か彼らからは、既に強烈な恨みを買ってしまっているようだしな……）

はてさて、いったいどうするべきか……。

俺が一人頭を悩ませていると。

「ギュモォオオオオオオオオオンッ！」

黒炎牛は瀕死のハンターたちにとどめを刺すべく、彼らの元へ一直線に走り出した。そのまま踏みつぶすつもりなのだろう。

「くそっ、こんなところで……っ」

「まだS級クエストは、早かったってことか……」

「死にたくねぇなぁ……畜生……っ」

息も絶え絶えな彼らは、既に諦めているようだった。

（ふむ……ならば仕方あるまい……）

ハンターとはこういう仕事なのだ。

一瞬の油断が、わずかな慢心が、少しの調査不足が――即、死に繋がる。

ハンターがモンスターを狩ることもあれば、当然その逆もまた然りだ。

「ギュモォオオオオオオオオオオンッ！」

黒炎牛はその巨体に似合わぬ素早い動きで、既に彼らの目と鼻の先まで迫っていた。

避けようのない絶対的な死を前にしながら、一人だけ諦めなかったものがいた。

四人組の中の紅一点――中型の弓を抱えた女が、張り裂けんばかりの大声で叫んだ。

「お、お願い……助けて――ジンっ！」

この瞬間。彼らの獲物であった黒炎牛が俺の獲物へと変わる。

「――待っていたぞ、その言葉を」

地面が大きく陥没するほどに強く大地を蹴り、一歩で間合いをゼロにする。

そして――。

「ふんっ！」

大きく振りかぶった大上段からの一撃を放ち、黒炎牛の首を一刀両断した。

「ギュ、モォ……？」

何が起きたかを理解できなかったのであろう。

黒炎牛は大きな断末魔をあげることもなく、静かに活動を停止した。

「「「「……は？」」」」

信じられないような目で、首のはね飛ばされた黒炎牛を見つめる四人組のハンター。

すると横合いからスラリンが抱き着いてきた。

「さっすがジン！　楽勝だねー！」

「いつも通り……見事な御手前……っ！」

「やっぱりジンさんは、凄いです！」

「ふふっ、これぐらいなら朝メシ前だ」

黒炎牛を狩った程度でそこまで手放しに称賛されても困ってしまう。『強い』と言っても、所詮はS級でしかないのだから。

大剣を何度か振るい、刀身に付着した血を払っていると、スラリンたちが何やらニヤニヤとこちらを見ていることに気付いた。

「ん、どうした？　俺の顔に何かついているのか？」

「ううん。ただ、やっぱりジンは助けたなーって思ってね」

「呆れ返るほどのお人好し……見捨てるわけがない……」

「はい、私も信じてました」

「……今回のは、たまたま彼女が助けを求めてきたからだ」

もし彼女があそこで助けを求めて来なかったならば――俺はきっと手を出さなかった……はずだ。

「えーそれじゃ、どうして『助けて』って言われる前から剣を抜いてたの？」

「今にも飛んでいきそうなぐらい……あのお肉を睨み付けてたよね……？」

「それはもう助ける気満々でした！」

「……気のせいだ」

何だか心の内を見透かされたような気がして、居心地の悪くなった俺は彼女たちから目をそらした。

そんな俺を見て彼女たちは、楽しそうに笑う。

（全く、勘弁してくれ……）

少し気恥ずかしい気持ちとなった俺は、話を変えるためにわざとらしく大きく咳払いをする。

「――ゴホン。ほら、せっかく仕留めた黒炎牛だ。早く血抜きをしないと、肉に臭みが残ってしまうぞ。動いた動いた！」

手をパンパンと打ち鳴らすと、スラリンとリューは笑いながら「はーい！」と返事をし、作業に移った。

（血抜きなどは二人に任せるとして、あとは――）

チラリと四人組のハンターの方へ目を向ける。

命が助かったにもかかわらず、彼らの顔色は優れない。

「嘘……だろ……？」

「ここまで違うのかよ……っ」

「くそ……っ。化物め……っ」

何事かを呟きながら、悔しそうな表情で地面を殴りつけていた。

そんな彼らの前に四本のポーション瓶を並べてやる。

「ほら、ポーションだ。手持ちがないんだろう？」

赤色の――普通のポーションだが、この程度の傷を治すならば十分だ。

別にここまでしてやる義理はないが、乗りかかった舟だ。これぐらいのサービスをしてやってもいいだろう。

「「「……」」」

男たち三人は愛想悪く、無言でそのポーションをつかみ取ると、ゴクゴクと一気に飲み干した。

「あ、ありがとうございます……っ」

一方、女のハンターは礼儀正しくペコリと頭を下げてから、ゆっくりと喉の奥に流し込んでいった。

するとポーションがその効果を発揮し、彼らの体に刻まれた生々しい傷はあっという間に消えてなくなった。健康になった彼らはスッと立ち上がると、敵意の籠った目を俺に向ける。

「余計なことをしやがって……。助けられたなんて思ってないからな！　――いくぞ、お前たち」

巨大なハンマーを持った男がそう言うと、彼らは踵を返してどこかへと去っていった。

「むぅ、失礼な奴等だね……。食べてこようか？」

「こんがりと……焼くのもいいかも……」

彼らの態度が気にくわなかったスラリンとリューが、苛立った様子でそう呟いた。

「まぁ、こういうこともあるさ。それよりも黒炎牛はバラシ終えたのか？」

「うん、ばっちり！」

「これはとっても……いいお肉……っ！」

そう言ってスラリンは自分のお腹のあたりをさすった。どうやらあのあたりに黒炎牛が収納されているらしい。

「よし、それじゃあとはラグートンを捕まえるだけだな」

いくらラグートンが鈍感とは言え、あれほどの騒ぎを起こせば遠くまで逃げてしまったことだろう。俺が静かに意識を鼻へ集中させると――。

「あっ、それならジンさん。あそこに」

「ん、どうしたアイリ？」

彼女が指差した先では、大量のラグートンが白目をむいて意識を失っていた。

「……どうしたんだ、こいつらは？」

「黒炎牛がブレスを放った瞬間に、みなさん一斉に失神されてしまいました」

「そ、そうか」

全く、鈍感なのか繊細なのかわからない奴だ。

「ともかくこれで、全てのクエストは無事に達成だな」

「はい！」

「クリアー！」

「今日は……ご馳走……っ！」

それから俺たちは先ほど採取した毒消し草リフラル三キロと、ラグートン三匹をハンターズギルドに届け、無事にクエストを完了した。

■

家に帰った俺は、すぐさまラグートンと黒炎牛の調理に取りかかった。生肉は鮮度が命。できるだけ早くさばいてしまいたい。

スラリンとリュー、アイリたちには先に風呂に入ってくるように伝えた。

このときアイリが料理の手伝いを申し出てきたので、丁重にお断りをした。

そして調理開始からおよそ一時間が経過したところで——。

「よし、完成だ」

ようやく本日の晩メシの準備が終わった。

「おーい、メシができたぞー！」

食卓にできたばかりのメシを並べていきながら、スラリンたちを呼ぶ。

するとドタドタとこちらへ向かってくる足音が聞こえてきた。

「うわぁーっ！　おいしそーっ！」

「……すごいっ！」

「ジンさんは、本当にお料理が上手ですね！」

パジャマに着替えた三人は、食卓の上の料理に目が釘付けとなった。

スラリンの口からはタラリとよだれが垂れ、リューは背の翼が小刻みに動き、アイリさえも目を皿のように丸くしている。

「ふふっ、今回はいつもより力を入れたからな」

何と言っても今日はアイリの初クエストクリア記念日だ。日頃は節約しているんだから、今日ぐらいは豪勢にしてもバチは当たらないだろう。

「さぁ、いただこうか」

みんなで手を合わせ、食前の挨拶(あいさつ)をする。

「「「いただきますっ！」」」

するとスラリンは真っ先に目の前にドンと置かれた巨大な肉の塊――ラグートンのローストポークに手を伸ばした。

「んんーーーっ！　おいしぃいいいいいいーっ！」

その反応を見たリューとアイリが、同じようにローストポークを口にした。

「……っ！　圧倒的……肉厚……っ！」

「す、すごいですっ！　噛めば噛むほど、お肉の甘味が口に広がっていきます！」

「ふふっ、それはよかった」

ラグートンの肩ロースを惜しげもなく使用したローストポーク。

下準備として生肉に胡椒と塩をしっかりと塗り込んでいる。こうすることによって臭みが飛ぶだけでなく、焼いたときに塩の壁が肉の旨味を閉じ込めるのだ。このちょっとしたひと手間が料理のできを大きく左右する。

「よし、次はこいつだ」

一通りローストポークを堪能したところで、熱々の鉄板の上に薄くスライスした黒炎牛を並べていく。『ジューッ』という食欲を掻き立てる音と共に肉の脂が鉄板に踊る。

「おーっ、焼肉だぁー！」

「これは……たまらない……っ！」

「とってもいいにおいですっ！」

片面をしっかりと焼き、肉汁が浮かび上がってきたところで裏返す。こちらの面は焼き過ぎないように、サッと火を通すぐらいがちょうどいい。

「ほら、焼けたぞ」

焼きあがった肉をスラリンたちの皿へと乗っけていく。

彼女たちはそれを手元に用意してある俺特製のタレにつけて、一思いに口へ含んだ。

「ほ、ほっぺたが落っこちちゃうよー！」

「口の中で……溶けちゃった……っ！」

「こ、このタレ……濃厚なのにさっぱりしていて——とってもおいしいです！」

「おぉ、そうか！　ありがとう」

初めて特製のタレの感想をもらえた俺は、とても嬉しい気持ちになった。

試行錯誤の末に開発した俺特製の焼き肉用のタレ。中身はよそで使われている焼肉用のタレとほとんど同じだが、二つ隠し味が存在する。甘味を出すためのギャラノスの肉汁と、さっぱりとした清涼感を出し、食欲を刺激するためのツォルクの実だ。残念ながらスラリンとリュー曰く、この特製のタレと市販のタレの違いは「よくわからない」そうだ。

「さて、それじゃそろそろ出すか」

俺は冷水で冷やしておいた『ギギブランの酒』を取り出し、トクトクとグラスに注いでいく。

そしてキンッキンに冷えたそれを一気に口の中へと流し込む。

「んぐんぐっ……ぷはぁーっ！」

クエスト終わりの火照ったこの体に、乳酸の溜まった筋肉に栄養がぶち込まれる。

「くぅうううう……っ！　沁みやがる……っ！」

酒は何と言っても初めの一杯が一番うまい。アルコールが喉を程よく刺激し、胃袋に到達した瞬間に一気に拡散する――腹に胸に頭に！

そして間髪を入れずに、いい感じに焼けた黒炎牛の肉を口へと頬張る。

「はふはふ……っ！」

濃厚な脂が口の中を踊り、焦げた肉のいいにおいが鼻腔をくすぐる。

そして肉の脂でネバついた口内を洗い流すように、酒を一気にあおる。

「あー……うまい……」

焼肉と酒の組み合わせといったらもう――最強だ。これ以上ないベストパートナーだと言っても過言ではない。

そんな風に肉と酒とを交互に味わっていると――。

「あはは。何だかジン、おっさんみたいー！」

「まだまだ……若いのに……っ」

「うふふ、本当ですね」

そんな俺の姿を見ていたスラリンが楽しそうに笑った。

「おいおい。『おっさんみたい』じゃなくてもうおっさんなんだよ」

そんな冗談を交わしながら、俺はちょっとした酒のツマミを引っ張り出す。

「さて、こいつもうまいぞー」

焼き石の上で保温しておいた二種類の肉を食卓に並べる。

「うわぁ、どっちもおいしそーだよーっ！」

「私は……太い方が欲しい……っ！」

「香ばしい、いいにおいですね！」

「だろう？」

その中身は、酒のつまみとして作っておいたベーコンだ。

食べ飽きないように二種類のベーコンを作っている。肉を薄めにスライスし、たっぷりと塩・胡椒をまぶしたものと。肉を厚めにスライスし、しっかりと肉汁を閉じ込めたものだ。

これがよく酒に合うんだよな。

そうしてみんなで飲み食いを楽しんでいると、程よく酔いが回ってきて、何だか宙に浮いたようないい気分になってきた。

するとさっきスラリンたちに言われた「おっさん」という言葉が脳裏をよぎった。

（それにしても……年を取ったなぁ……）

自分の手のひらに視線を落とす。

それはゴツゴツしていて、深い皺の入った武骨なものだった。

（ふっ、よくよく見れば傷だらけじゃないか……）

腕にも足にも胴体にも――あまり目立ちはしないものの、よくよく見ればあちらこちらに古傷がある。

昔からずいぶんとまぁ無茶をやってきた。この体も本当によくもってくれていると思う。

（さて……こいつらと一緒にいられるのもあとどれくらいだろうな……）

スラリンとリューはそもそもがモンスター、それも伝説上の。寿命なんてあってないようなものだ。

それにアイリだってエルフ族だ。種族によって寿命は異なるらしいが、軽く千年は生きるだろう。

(俺は今年で三十五だから……もってあと二十年ぐらいか……?)

クエストで命を落とすことなく、生涯を全うしたハンターの平均寿命は、確か五十歳前後だったはずだ。その他の――ハンター以外の職についた人たちの平均寿命が七十を超えることからして、一般的にハンターは短命だと言える。この差は体の損傷具合によるものとされている。詳しくは知らないが、極限状態での活動による活性酸素・ポーションの過剰摂取による細胞の再生と破壊、このあたりが原因だと聞いたことがある。

(スラリンがいて、リューがいて、アイリがいる。この幸せな生活がいつまでも続けばいいんだがな……)

そんなことをぼんやりと考えていると――。

「ジン、どうしたの? もうお腹いっぱい?」

「それとも……飲み過ぎちゃった……?」

「大丈夫ですか、ジンさん?」

三人が心配そうにこちらを見ていることに気が付いた。

(っと、いかんいかん。酒のせいか、柄にもなく感傷的になってしまったな)

俺はスラリンたちを安心させるようにニッコリと笑う。

「いや、すまん。あまりにもメシがうますぎてな。ちょっと感動していたんだよ。――さっ、今日はまだまだいっぱい食うぞ！」
そうしてこの日は夜遅くまで、楽しいメシの時間が続いたのだった。

7 正妻争い

それから数日後の夕方ごろ。

この日はジンが早朝からクエストに出発していることもあり、スラリン・リュー・アイリの三人は、家のリビングで思い思いの時間を過ごしていた。

リューは眠たそうに大きなソファの上で欠伸をし、アイリはみんなの洗濯物を丁寧に畳んでいる。

そんな平和な時間が流れる中、スラリンは眉間にシワを寄せ、一人難しい顔をしていた。

「……ねぇ、リューはどう思う？」

スラリンがいつになく真剣な表情と声色であったために、リューは眠たかったが会話に付き合ってあげることにした。

「……何が？」

「何って……ジンのことだよ」

「好き」

「それはそうだけど、そうじゃなくて！」

質問の意図を理解してもらえなかったスラリンは、苛立った様子で机をパシンと叩き、勢いよく立ち上がった。一方のリューはスラリンの言わんとしていることがわからず、コテンと首を傾げる。

「そうじゃなくて、ジンのリンたちへの態度だよ！」

「……いつも通り……とっても優しいよ？」

いったいスラリンはまた何を変なことを言い出しているのやら……。リューはそんなことを思いながら、大きく伸びをした。

しかし、スラリンの次の発言により、リューの眠気は一瞬にして消え去った。

「だっておかしくない⁉ こんなスーパー美少女三人に囲まれているのに、全く手を出す素振りを見せないんだよ⁉」

ことここに来て、ついに彼女の意図を把握したリューは、ハッと口に手を当てる。

「た、確かに……っ⁉」

嫌でも二人の会話が耳に入る位置にいたアイリは、「あ、あはは」と一人苦笑を浮かべる。

「これは……おかしい……っ。スラリン……よく気付いた……っ！」

「でしょでしょ！」

珍しくリューに褒められたことにより、スラリンは鼻高々となる。

「でも、どうして……ジンは手を出してこないんだろ……？」

「うーん、これはリンの予想なんだけど……迷ってるんじゃないかな？」

「……迷ってる？」

「うん。『思慮深い男の人は、相手のことを考え過ぎてしまうあまり、自分の素直な気持ちを伝えてこないケースがあります』――って、この本に書いてあった！」

そう言ってスラリンは自分の体の中から一冊の本を引っ張り出してきた。

「こ、これは……っ!?」

それは『恋愛必勝法！～これで気になるあの人もイチコロ！　大人の色仕掛けテクニック集～』と題された、あまりにも胡散臭い古びた雑誌であった。

（……れ、恋愛必勝法!?）

遠目からそれを眺めていた恋愛経験値ゼロのアイリは、その魔法のワードに強く興味を引き付けられた。

（な、何が書かれてあるのでしょう……。き、気になります……っ）

洗濯物を畳む手の速度を落とし、スラリンとリューの会話に耳をそばだてるアイリ。

「す、スラリン、そんな貴重な品を……いったいどこで……？」

アイリと同じく恋愛経験値がゼロのリューも、その胡散臭い本に釘付けとなる。

「ふっふーんっ！　この間、街を散歩してたら、落ちていたんだよ！」

「なんという……豪運……っ!?」

「すごいでしょーっ！」

真っ平らな胸をググッと張り、勝ち誇った笑みを浮かべるスラリン。

「な、中身を……見せて……っ」

「ふふっ、仕方ないなー」

上機嫌な彼女は仕方なく、机の上に雑誌を広げてあげた。

「何々……男の人が頭を撫でてくるのは――そ、そうだったんだ⁉」

「ふむふむ……な、なるほど……っ！　左側から……声をかければ……っ！」

スラリンとリューが楽しそうに雑誌を読む姿を見たアイリは――。

「わ、私にも見せてください……っ！」

さすがに我慢ならず、洗濯物をそのままにしたまま、立ち上がった。

「もう、今日だけだよー？」

「特別……サービス……」

そうして三人は、このあまりにも胡散臭い雑誌を黙々と読み込み始めた。

「つ、使えるよ！　この魔法の言葉があれば、ジンだってイチコロだよっ！」

スラリンは必勝法を編み出し。

「なるほど……押し倒す……っ！」

リューはどこかズレた理解を示し。

「か、体を使ってって……っ⁉」

二人よりも少し性の知識を持つアイリは、顔を真っ赤にした。

そうして彼女たちが最後のページを読み終わる頃には、時間は既に夜の七時となっていた。

恋愛に関する様々な知識をインプットしたスラリンは、静かに呟いた。

「そろそろ……正妻を決めるべきだね」

「……だね」

「せ、正妻っ⁉」

話があまりにも飛躍したことによりアイリはひどく狼狽する。

「ちょ、ちょっと二人とも何を言っているんですか⁉　ジンさんのいないところで勝手にそんな……お、お嫁さんを決めるなんて！」

顔を赤らめながら正論を述べるアイリに対し、二人の反応は冷たいものだった。

「ん？　あぁ、アイリがいいならいいよ。リンたちで勝手に決めるから」

「ふっ……。一人……脱落……っ」

ニヤリと底意地の悪い笑みを浮かべるスラリンとリュー。彼女たちは、アイリが白旗をあげたと認識したのだった。

「ちょ、ちょっと待ってください！　だ、誰も参加しないとは言っていません！」

「それじゃ、どうするの？　参加するの？」

「も、もちろんですっ！　お二人には負けませんっ！」

三人の鋭い視線が交錯し、室内に沈黙が降りる。

そしてその沈黙を破ったのはいつものようにスラリンだった。

「へへーんっ！　この中で一番ジンと付き合いが長いのは、リンだもんねーっ！」

自身のストロングポイントを前面に押し出すスラリン。

「わ、私とは……ほとんど変わらない……っ」

「じ、時間が全てではありません……っ！」

スラリンからの攻撃を受けた二人は、口では反撃を試みるものの、少なくないダメージを受けた。

それがスラリンにも伝わったのだろう。彼女は一人勝ち誇った笑みを浮かべる。

そして「このままではいけない」と思ったリューが、迅速に反撃を開始する。

「私は……ジンと二人っきりで空の散歩をする仲……！　将来は約束されたようなもの……っ！」

リューは胸を張って高らかに謳いあげる。しかし――。

「へーん、リンだってジンと二人でご飯食べに行ったりするもんねー！」

「私だってジンさんとは二人でお買い物に行きますし、料理だって教わっています！」

その反撃は少し威力に欠けたようで、リューは逆に一歩たじろいでしまった。

それを好機と判断したアイリが、ここぞとばかりに一撃必殺の切り札を出した。

「わ、私のっ！　この胸のペンダントはジンさんからのプレゼントですからっ！」

そういって大事そうに、どこかうっとりした表情で、アイリは胸のペンダントを手のひらに乗せた。

「「なん……だと……っ⁉」」

ジンからのプレゼント――それもペンダントの。

その破壊力は並のものではなかった。二人は震える足に力を込め、倒れないようにするのがやっとだった。

「わ、わかった……この話はここまでにしよう」

「所詮……過去は過去……。未来に向けた……建設的なお話を……」

「ふふっ、そうですね」

その余裕綽々といった勝者の態度に二人は強く歯を噛みしめた。とにもかくにも、この前哨戦はアイリの完全勝利に終わった。しかし、スラリンとリューが言うようにこれが過去の話であることもまた事実。大事なのはこれからだ。

「でも、正妻を決めるって、いったい何をすればいいのでしょうか……？」

至極当然の疑問をアイリが口にした瞬間。

「ふ、ふふふ……っ！　実は、リンにはとってもいい考えがあります！」

落ち込んでいた様子から一転、スラリンが怪しく笑った。

「な、何でしょうか？」

「ふふんっ。それはねー――」

こうしてジンのいない間に、三人の正妻争い――その前準備が始まったのだった。

■

（ふむ、日が暮れるまでには帰るつもりが……こんな時間になってしまったな）

街の時計塔を見れば、時刻は既に夜の九時三十分。周囲はもう真っ暗だ。

（一応最低限のメシは作り置きしてあるが……スラリンたちはしっかりと食べているだろうか……）

月明かりに照らされた夜道を歩いていくと、ようやく目的の建物――ハンターズギルドへと到着した。

　ギルド内は大勢のハンターが酒盛りをしており、それはもう賑やかなものだった。クエストを無事に達成したことを報告すべく、受付の方へと足を向けると――。

「おーっ、ジン！　今日もよく働くなぁ！」

「どうだ、一緒に一杯やってこうぜ！」

「おもしれぇ話もあるぞ！　この馬鹿がまたクエストに失敗してよーっ！」

「うるせぇ！　ありゃ、俺のミスじゃねぇ！　あんなところに落とし穴を仕掛けやがったどこぞの馬鹿ハンターが悪いんだよっ！」

「にしても、引っかかるかぁ？　ハンター様がモンスター捕獲用の落とし穴によぅ？」

「ぎゃっはははははははっ！」

　どいつもこいつも古くからの顔馴染みで、少し粗暴なところはあるが、みんないい奴ばかりだ。

（せっかく誘ってくれたところ申し訳ないが……今回は断ろう）

　情報交換という観点からも他のハンターとの交流は大切だ。しかし、今日は帰宅予定時間を大きく越えてしまっている。さすがにここで一杯引っかけていくわけにはいかない。

（別に『この時間までに帰る』と伝えているわけではないが……）

　最近は遅くとも夜の八時までには帰宅しているので、何となく時間に間に合っていない気がするのだ。

「すまんな。今日はスラリンたちが家で待っているんだ。また今度誘ってくれ」

簡単に事情を説明し、やんわりとお断りした。

すると――。

「あー……。あのおっそろしい嬢ちゃんたちが待ってんのか……」

「まっ、それならしゃーねーなー」

「たまには時間、空けとけよー！」

彼らは嫌な顔一つせずにそう言ってくれた。

「あぁ、また今度飲もう」

そうして今度こそ受付へと向かうと、こちらに気付いた受付嬢が丁寧にお辞儀をした。

「夜遅くまでお疲れ様です、ジンさん。クエスト完了報告ですね？」

「あぁ、これが指定されたモンスターの素材だ。受け取ってくれ」

今日討伐(とうばつ)してきたモンスターの鱗(うろこ)や皮・角などを、大量に詰め込んだ大きな皮袋を彼女に手渡すと――。

「え、ちょ、ちょっと……⁉　お、重……っ⁉」

彼女の細腕には少々重過ぎたようで、後ろにひっくり返ってしまった。

「お、おい大丈夫か？」

慌てて皮袋を持ち上げてやると、彼女はほっぺたを膨らませて俺に文句を飛ばしてきた。

「もう、ジンさん！　私達人間は、あなたみたいな馬鹿力じゃないんですからっ！　もう少し気を使ってくださいっ！」

「あ、あぁ……すまん。……次から気をつける」

俺もれっきとした人間なんだがな……。そんなことが頭をよぎったが、余計なことを言うとまた話が長くなりそうだったので口をつぐんでおく。

「全くもう……っ。……ちょっと待っててくださいね。今から確認しますからっ！」

「あぁ、よろしく頼む」

それから彼女はモンスターの素材を一つ一つ丁寧に確認し、俺が受注したクエストのターゲットと照らし合わせていく。

手持無沙汰のままぼんやりと待つこと十分。どうやら確認作業が終了したようだ。

「これはまた……とんでもない数のクエストをこなしましたね……。こちらが報酬の金貨八十枚です」

「ふむ……確かに頂戴した」

金貨が詰め込まれた皮袋を受け取った俺は、ハンターズギルドを出て、寄り道をすることなく真っ直ぐ自宅へと向かう。

「それにしても……今日は手こずってしまったな」

今日こなしたクエストはS級を七件。それほど突出して多いわけでもなければ、特別難易度が高いわけでもない。しかし、一匹だけ厄介なモンスターがいた——砂塵龍デザトリスだ。灼熱の砂漠に生息するこいつは、どういうわけか俺の姿を見るなり地中深くに姿を隠した。

「全く……おかげで泥だらけだ」

当然、デザトリスはしっかりと討伐したが、奴を掘り起こそうと穴を掘りまくったため、全身が砂まみれ。そこへモンスターの血やら俺の汗が混じって、かなり汚れてしまっている。

「腹も減ったが、とりあえず風呂だな」

そんなことを考えながら、ぼんやりと歩いているとようやく我が家に到着した。

「ただいまー」

扉を開け、帰りの挨拶をすると――。

「……おや？」

いつもはすぐに飛び付いてくるスラリンとリュー。それに優しく出迎えてくれるアイリが、今日は静かなものだった。

「もうみんな寝てしまったのか？」

時刻は夜の十時。朝型の生活に適応した二人は、既に眠っていてもおかしくない時間だ。

（しかし、珍しいな……。アイリまで寝ているのか？）

彼女はいつも夜遅くまで家事をやってくれており、こんな早い時間帯に寝ているのは少し珍しいと言える。

（まぁ……万が一ということもある。念のため、全員の安全を確認しにいくか）

スラリンとリュー――暴食の王と破滅の龍に手を出す奴などそうそういないとは思うが……。最近は物騒な世の中になっていると聞く。風呂に入るのは彼女たちの安否を確認してからでも遅くはない。

そのまま真っ直ぐ廊下を歩き、リビングに入ると――。

「……何だ、これは？」

食卓の上に一枚の紙切れを見つけた。

そこにはスラリンのたどたどしい字で、以下のようなことが書かれてあった。

ジンへ
お風呂に入ってから、客室に入ってきて！
ちゃんとお風呂に入ってからだよ！リューもアイリも待ってるから、絶対に来てね！
スラリン　リュー　アイリ

三人の連名による置き手紙だ。

（……風呂に入ってから？）

いや、その前に客室って……。

「どこの客室だよ……」

自慢ではないが、我が家は広い。客室だけでも十室はある。

「まぁ、ひとまず全員無事のようだな」

やけに静かなのは、スラリンたちが何かを企(たくら)んでいるからのようだ。

「いったい何を企んでいるのやら……」

まぁアイリも絡(から)んでいるようなので、そこまでぶっ飛んだものではないだろう。

俺は手紙に書かれた通りに、クエストでついた汚れを落とすために風呂に入った。

■

「ふーっ。スッキリした」

風呂で汗と疲れを洗い流した俺は、さっぱりとした気持ちで服を着る。

「えーっと、確か客室に行けばいいんだったな」

我が家の客室は一階に七部屋。二階に三部屋だ。

「とりあえず……一階から潰していくか」

客室の扉の前に立った俺は、念のためコンコンコンとノックした。

「おーい、開けるぞー」

「いいよー！」

すると部屋の中からスラリンの元気な返事が聞こえてきた。どうやら一発目にして当たりを引いたようだ。

ゆっくりと扉を開くと――。

「ジン、おっかえりーん！」

いつものパジャマに身を包んだスラリンがギュッと抱きついてきた。

既にお風呂に入っているのだろう。髪の毛からふんわりと甘いにおいがする。

「あぁ、ただいま」

「ふふっ、お風呂にする？　ご飯にする？　そ・れ・と・も……リンにする？」

そんなよくわからないことを口にしながら、スラリンはこちらに擦り寄ってきた。

メシなら出先で食べてきたし、風呂ならつい先ほど入れと言われて入ったばかりだ。というか『リンにする』ってなんなんだ……。

「あー……どうしたんだ？　熱でもあるのか、スラリン？」

頬(ほお)をポリポリとかきながら、彼女の真意を問いただす。

するとスラリンは目に見えて狼狽(うろた)え始めた。

「あ、あ、あれーっ⁉　おかしいよ⁉　本にはこうすれば男の人はイチコロだって書いてあったのに⁉」

こちらに背を向け、何やらパラパラと雑誌のページをめくり始めるスラリン。いったい何がしたいのだろうか……。

「え、えーっと、これじゃなくて……これでもなくて……っ⁉　こ、これだっ！」

探していたものを見つけられたのか、彼女は雑誌をパタリと閉じると、俺の元へ擦り寄って来た。

「な、なんだか今日は暑いなー！」

スラリンは人差し指で服の胸元(むなもと)をつまみ、少し大げさにパサパサと揺らした。

「そうか？　それなら外で涼んでくるといい。今日は風が気持ちいいぞ」

春もそろそろ終わり、季節は夏へと向かっている。今はちょうど夜風が気持ちのいい頃だ。

「そ、そうじゃなく……その……っ」

「ん、どうしたんだ？」

「……う、うぅ……じ、ジンのバカーーーーっ！」

そう言ってスラリンは半べそをかきながら、部屋から飛び出して行った。

「えぇー……」

一人客室に残された俺。

「……スラリンはいったい何がしたかったんだ？」

結局最後の最後まで彼女の真意を理解することができなかった。

「まぁ、いいか……」

どうせまたいつもの思いつきによる突発的な行動だろう。

俺は気持ちを切り替えて、次の客室へと向かった。

それから一部屋二部屋と手当たり次第にあたっていくが、中々リューとアイリが待っている部屋を引き当てられなかった。

(さてと、この部屋で一階は最後だな)

目の前の扉をコンコンとノックし、念のために声をかける。

「おーい、開けるぞー」

「……うん……入って」

すると中からリューの声が聞こえた。どうやらようやくヒットしたようだ。

ゆっくりと扉を開き、部屋の中へと入る。

「おっと、暗いな」

室内には蠟燭の火が一つだけ灯っており、かろうじて室内全体が見れる程度の明るさだった。そして部屋の右奥――大きなダブルベッドに、薄いシルクの布をまとったリューが腰かけていた。

「えーっと……ただいま、リュー」

何と声をかけたらいいかわからなかったので、とりあえず帰りの挨拶をする。

「……おかえり……待ってたよ、ジン」

リューはいつものリューだった。さっきのスラリンのようなぎこちなさや、どこか演技をしているような素振りも一切ない。ありのままの――ごく自然体の彼女だった。

（いや、待て待て。あの置き手紙には、確かにリューの名前もあった……）

スラリン同様に、リューも何かを企んでいるのは間違いない。

（……とは言うものの。あそこでスラリンが何をしたかったのかは、結局わからずじまいだからな……）

情報が全くないこの状況で、リューの次の行動を予測するのは難しい。

俺がそんな風に頭を悩ませていると――。

「ジン……来て……」

リューがちょいちょいと手招きをし始めた。

「ん？　あぁ」

彼女が腰かけているベッドの方へ向かうと――。

「……えいっ」

「うおっ⁉」

リューがいきなり俺の胸に飛び込んできた。彼女は今人間形態をとっているが、その正体は破滅の龍。その圧倒的な身体能力と、予想だにしない突然の行動だったので、俺は容易くベッドに押し倒されてしまった。

「っとっと……何をす――ってお前⁉」

俺の腹にポスリと座ったリューは、身にまとっていたシルクの布を脱ぎ――一糸まとわぬ生まれたままの姿となった。どういうわけか服は着ておらず、ただ布を一枚まとっていただけらしい。形のいい大きな乳房が露わになり、上も下も――何もかもが見えてしまっている。

「ふ、服はどうした！　服は！」

「……脱いだ」

彼女は「何を当たり前のことを聞いているの？」と言いたそうに、可愛らしく首をコテンと傾げた。

「そんなことは見ればわかる！　そうじゃなくて――どうして裸なんだと聞いているんだっ！」

「……？　裸じゃないと……ダメなんでしょ……？」

「な、何がだ……？」

「……子作り」

「……は？」

一瞬、頭が真っ白になってしまった。

彼女と一緒に暮らし始めて十年以上になるが、こんなことを言い出したのはこれが初めてだ。それに今までそんな素振りを見せたことがない。

「え、えーっと……いきなり、どうしたんだ？」

ひとまずは彼女から情報を引き出さなければならない――いったいどうして急にこんなことを言い出したのかを。

するとリューは特に隠し立てすることもなく、あっさりと事の真相を告げた。

「……好きな人と裸で一緒に寝ると……子どもができる。――とスラリンから聞いた」

「……なるほど」

つまりは、そういうことか。

スラリンのあの芝居がかった妙な態度とセリフ回し――あれは俺を誘惑していたのだった。

今回のこの一件。元凶はやはりというか、何というか……スラリンだったようだ。

俺が大きくため息をつくと――。

「ジン、子作り……しよ……？」

一糸まとわぬリューは依然として俺の腹の上に乗ったまま、微笑みながらそう言った。

「あー……いや、その……なんというか、だな……」

リューからの純粋な好意は素直に嬉しい。非常に嬉しいんだが……あまりに唐突過ぎる。こういうことは、もっといろいろな段階を踏んでからすべきことだ。

（それにそもそもリューは破滅の龍――『龍種』だ）

人間の子を宿すことができるのかは不明だ。……というかあまりにいきなりすぎて、思考の整理が追いつかない。

（まぁ、あれかな……小さい子どもがお父さんと結婚すると言い出すアレの進化形のようなものと考えるべきか……）

そう考えると少しだけ気持ちが落ち着いた。

（そうだ。何をそんなに動揺しているんだ――リューはまだ、どうやったら子どもができるかさえも知らない）

俺は少し空気を変えるために、ゴホンと一度咳払いをする。

「リュー、そもそも一緒に寝るだけでは、子どもはできないんだぞ？」

「……っ!?」

やはり『寝る』の意味を正しく理解していないのだろう、彼女は大きくのけぞった。

「じゃ、じゃあ……いったい、どうすれば……？」

「そうだな……それはリューがもう少し大人になってからだな」

さすがにこの場で教えるわけにはいかない。

俺は少しはぐらかすことにしたが――。

「い、今……知りたい……っ！」

予想通り、リューは引き下がらなかった。

「そう言われてもな……。これは『知る』というよりも『理解する』ものだからなぁ……」

「……『理解する』？」

「あぁ、人間はみんなある程度大きくなったときに、子どもをどうやって作るか自然と理解するものなんだよ」

「そ、そうなの……っ⁉」

「そうだ。そしてリューがまだそれを理解していないということは、今はまだそのときじゃないということだ」

「うっ……」

「リューがその方法をしっかりと理解したときに――またこの話をしようか」

「……うん……わかった」

少し無理があるかと思ったが、どうやら納得してくれたようだ。

「それじゃ今日は風邪をひかないように服を着て、ちゃんと温かくして寝るんだぞ？――いい子にしていないと大きくなれないからな？」

「うん……ジンはまだ寝ないの……？」

「俺はまだアイリに会わなくてはならないからな。それが終わったらいつもの寝室に向かうさ」

「……そっか……それじゃ、またあとで」

そう言ってリューは小さく右手を振って、この部屋から出て行った。

一人部屋に残された俺は頭を悩ませる。

「ふむ、中々に難しいものだな……」

そもそもこういう知識をスラリンとリューに教えるべきなのか否か……。

いや、そこを考える前に——今は目先の問題を解決する方が先だな。

「とにかく……最後はアイリだ」

それから一階の客室を全て調べ終えた俺は、二階へと向かう。

■

（ふむ、これで最後だな）

すでに二つの客室を回り終えた俺は、目の前の——最後の客室の前に立つ。

まず、間違いなくアイリはここにいるだろう。

（ふー……っ。こいつは強敵だぞ……）

アイリはスラリンとリューと違って、精神的に大人だ。当然ながら子作りの方法も、その意味もしっかりと理解しているだろう。

（つまり……理解した上で、スラリンの話に乗ったということだよな……）

つまりアイリは俺と……。

（いや……まだそうと決まったわけではない。スラリンとリューに言い寄られて、仕方なく賛成せざるを得ない状況だった可能性だってある）

とにかくここで一人頭を悩ませていても埒が明かない。

何度か大きな深呼吸をし――目の前の扉をノックした。

「おーい、誰かいるかー？」

部屋の中までちゃんと届くように、少し大きな声で呼びかけると――。

「は、はいっ！　ちょっと、待ってくださいねっ！」

上ずったアイリの声が聞こえた。

（……何だか嫌な予感がする）

今の彼女の声は普段のものとは違って、どこか色艶のようなものがあった。

……しかし、ここで逃げるわけにもいかない。

不退転の決意でその場で待機していると――。

「ど、どうぞ、お待たせしました」

か細いアイリの声が聞こえ、部屋の内側からゆっくりと扉が開かれた。

「お、おかえりなさい、ジンさん」

可愛らしい白い下着姿のアイリが、顔を赤くして出迎えてくれた。

枕を抱えて胸元を隠しているが、それがまたひどく扇情的なものに見えた。

「あ、あぁ……た、ただいま……」

「え、えっと……どうぞ、こちらへ」

アイリに先導された俺は、部屋に設置されたダブルベッドの上に彼女と肩を並べて座った。

「……」

「……」

何とも微妙な空気が流れる。

「え、えっと……どう、でした……？」

するとアイリは枕をギュッと抱きかかえたまま、困り顔でそうたずねてきた。

「どう、と言われてもな……」

これはいったい何を聞かれているんだ？

彼女の下着姿の感想か？

スラリンやリューと何かあったか、ということか？

それとも全く他の何かか？

俺が回答に窮しているのをどう解釈したのか、彼女は慌てて頭を下げてきた。

「す、すみません。こういうこと、聞くべきじゃなかったですよね……っ！」

「い、いや別に聞いてくれても全然構わないぞ」

「そ、そうですか？」

「あぁ、もちろんだ」

「そうですか……」

「あぁ」

「……」

「……」

しかし、彼女はそれっきり特に何かを聞いてくることはなく、ぼんやりと俺の顔を見つめていた。

そして――。

「……ありがとうございました」

この沈黙の間に、いったい何があったのか。アイリは突然お礼を言ってきた。

(わからん、女心は全くわからん……っ)

「どうしたんだ急に?」

「いえ、少し前の事を――ジンさんに助けられたことを思い出しまして」

「あぁ、そのことか……。前にも言ったが気にしなくていい。あれは本当にたまたまだ」

俺があの異世界に行ったことから、ゼルドドンを狩ったこと、悪い人間達に灸(きゅう)を据(す)えたこと――どれも偶然。もし俺があの不思議穴に落ちていなかったら、あそこでアイリの悲鳴を耳にしなかったら――どうなっていたかわからない。アイリたちエルフ族を救ったのは、本当にたまたまだ。

するといったい何がおかしかったのか、彼女はクスリと優しく笑った。

「……ふふっ。本当にジンさんはお優しいですね」

「そうか? 別に普通だと思うが」

「いえ、とても……とても優しい人です。見ず知らずの私たちエルフ族のために、あんな大金をなげうって。身の危険を顧みずに悪い人間たちをやっつけてくれた――底抜けにお人よしな人です」

こうも正面切って褒められると、どうにも気恥(きは)ずかしくなってしまう。

「そ、そうか……。こういうときは……ありがとう、でいいのか?」

「もう、何でジンさんがお礼を言っているんですか? それは私のセリフですよ」

「おっと、それはすまんな」

そうして少し空気が和(なご)やかなものになったところで、またしばしの沈黙が訪れた。

しかし、それは先ほどの少し居心地の悪さを感じさせる沈黙ではない。どこか温かい、幸せな沈黙だった。

それから少しして——俺の太ももにそっとアイリの手が乗せられた。

「ジンさん、私……。ジンさんになら……」

「アイリ……」

彼女はしなだれかかるようにこちらに身を寄せ、俺の肩にそっと手を添えた。

そしてその均整のとれた美しい顔をゆっくりと近づけてきた。見ればその顔は赤くなり、唇は艶(なま)めかしくツヤツヤとしていた。お互いの距離が縮まり、彼女がそっと目を閉じたそのとき——。

「はい、そこまでーっ!」

「……終了っ!」

いつものパジャマに着替えたスラリンとアイリが突如部屋に突撃してきた。

「なっ⁉」

「えっ……スラリンさん⁉ リューさん⁉」

別にやましいことなどないが、バッとお互い離れる俺とアイリ。

そんな俺達を見たスラリンとリューは、ホッと胸を撫で下ろした。

「ふーっ、危ない危ない。全く、アイリは油断も隙もないね……っ！」

「危機……一髪……っ」

おそらくだが、二人はこの部屋の前でずっと待機していたのだろう。俺とアイリが良い雰囲気になってしまったときに、それをぶち壊すために。

「ど、どうしてスラリンさんとリューさんがっ！　お互いに邪魔はしないという約束だったじゃないですか！」

アイリは鋭い目つきで睨みつけるが、二人はどこ吹く風だ。

「えー、そんなこと言ったっけ？　ねぇ、リュー？」

「残念ながら……記憶にない……」

二人はわざとらしく首を横に振った。

「そ、そんなっ⁉」

三人の間でどのような密約が交わされていたのかは知らないが、どうやらアイリが一杯食わされたようだ。

チラリと横目で時計を見れば、既に夜の十一時となっていた。

「はぁ……。とりあえず今日はもう遅いし、寝るとするか」

明日はまた朝早くからクエストをこなす予定だ。あまり夜更かしをし過ぎては、差し支えが出てしまう。

「さんせーっ！」

「うん……もう眠たい……」

「そう、ですね……」

してやったり顔のスラリンに、大きな欠伸をしているリュー。そして少し疲れた様子のアイリを連れて、俺はいつもの寝室へと戻ったのだった。

8 特級クエスト

数日後。

俺はこの街のハンターズギルドのギルド長タールマンさんに呼び出しを受けた。その日は溜まっているクエストを消化しにギルドへ向かう予定だったので、ちょうどいいタイミングだ。

ギルドに入るとすぐに、受付嬢がこちらへ向かってきた。

「お待ちしておりました、ジンさん。ギルド長が奥の部屋で待っております。どうぞこちらへ」

彼女の案内に従ってギルドの奥へ奥へと進んでいき、大きな扉の前で立ち止まる。この部屋がギルド長の仕事部屋であり、俺も何度か訪れたことがある。

彼女はコンコンと扉を優しくノックすると――。

「なんだ？」

部屋の中から、タールマンさんの声が聞こえてきた。

「ジンさんがお見えになられました」

「おぉ、そうかそうか！　すぐに入ってもらえ！」

「かしこまりました。それではジンさん、中へどうぞ」

「あぁ、ありがとう」

SAIKYO NO OSSAN HUNTER ISEKAI E

ここまで案内してくれた受付嬢に礼を言い。俺は部屋へと入る。

するとと仕事椅子に座っていたタールマンさんが立ち上がり、友好的な笑顔を浮かべてこちらに歩いてきた。

「いやジン君、急に呼び出してすまないな」

タールマンさん――今年で六十歳を迎えるこの街のギルド長だ。髪も眉毛も立派なあご鬚も白くなっているが、弱々しい印象は一切受けない。むしろその逆だ。かつてやり手のハンターとして名を馳せていたという噂通りの立派な体軀。今もトレーニングは欠かしていないのだろう、肌のハリもいい。毛髪が白くなってしまっている点を除けば、四十代と言われても信じてしまう。

「いえいえ。ちょうど溜まったクエストを消化しようと思っていたので、いいタイミングでしたよ」

「そう言ってくれると嬉しいな。おっと、立ち話もなんだ。座ってくれ」

「失礼します」

備え付けの高級なソファに腰かける。

「おい、ジン君に何か飲み物を――」

「かしこまりました」

タールマンさんの指示を受けた受付嬢はテキパキとした動きで、二人分の飲み物が入ったグラスを机に並べた。

「――どうぞ。ツォルクの実を使用した果実水です」

「これはご丁寧に、どうも」

グラスを手に取り、ごくりと飲む。

よく冷えており、ツォルクの実のさっぱりとした、しつこ過ぎない甘みが口に広がった。

（――うまい）

「ふむ……おいしいですね」

「ふふ、これは私の好物なんだよ」

そして挨拶（あいさつ）もそこそこに俺は本題へと切り込んだ。

「それで、本日はどのような御用件ですか？」

質問に対し、タールマンさんは少し苦い顔をし、鬚をクシャクシャと触る。

「単刀直入に言うと――特級クエストが発注された。もちろん君宛てにだ」

「……なるほど」

特級クエスト――S級の一つ上に位置する超高難易度クエストだ。未知の超大型モンスターの出現など国家存亡の危機に、ルーラル王国から発注される。

「今回この街から選抜されたのは君一人だが、その他にもルーラル王国中の腕利き（うでき）のハンター宛てに発注されているようだ」

（これまた面倒（めんどう）な……）

特級クエストは、その達成難易度の高さに反して、報酬は微々たるものだ。S級クエストに少し色がついた程度である。そのうえ、王国直下の王都にいるハンターは優秀だ。別に俺がいなくとも達成可能なはずである。

（正直、あまり気乗りしないな……）

前回、前々回のときは、当初丁重にお断りを入れた。しかし、その翌日から連日のように我が家の前で、土下座をしたまま動かない役人が一人また一人と増えていった。国王から「ジンを連れてくるまで、帰ってくるな」と言われていたそうだ。

（あれには困ったんだよな……）

結局、仕方なしに特級クエストを受けた。しかし、その際にルーラル王にはきっちりと『二度とこんなことはしないように』と、強く釘を刺しておいた。

（まぁ……、一応話だけでも聞いておくか……）

ここで回れ右して帰るのは、さすがにタールマンさんに悪い。最低限依頼内容を聞いたうえで、決断を下すのが大人としての対応だ。

「それで内容はどういったもので……？　王国の近くで大型のモンスターでも出現したんでしょうか……？」

「いや……、どうやら今回は少し毛色が違うようでね……」

そう言いながら、タールマンさんは俺の前に四枚の依頼書を並べた。彼の手元にもそれと全く同じ書類が握られている。

「その依頼書に書いてある通り、今回の依頼は『各地で発生した謎の穴の調査』だ」

「謎の穴……？」

そういえば最近何か、そんな感じのものを体験したような気がする。

「そうだ。このところルーラル王国の各所に、人一人がすっぽりと入るような大きな穴が突然出現していてね」

「大きな穴……ですか」

最近そんなものを見た覚えがある。

「あぁ。ずいぶんと大きく――何より奇妙な穴でね。中に石を投げ入れても、全く音が返ってこないんだ。どこかへ繋がっているのか、はたまた近年発生している新種のモンスターの巣穴なのか。不思議に思った我々ハンターズギルドは、最初はこの調査をD級クエストとして全ハンターに発注した。すると数人のハンターがこれを受注してくれてね。無事に調査が進む……と思っていた」

頷き、続きを促す。

「しかし、一週間が経過しても、クエストを受けたハンターは一人として帰ってこなかった」

「……ふむ」

「これを重くみた我々は、一気にこの調査依頼をA級クエストとして再発注した。もちろん、報酬も少し高めに設定してね。ありがたいことにそのときは、十数人のハンターたちが手を挙げてくれたよ。そして今日――既に十日が経過しているが、まだ帰ってきたハンターは一人もいない」

「んん……？」

俺はここで強い違和感を覚えた。

「そのハンターたちは、全員帰還玉も持たずに臨んだのですか？」

A級クエストを受けるハンターとしては、それはあまりに不用心である。いや、通常あり得ない。

ハンターの仕事は常に死と隣り合わせだ。危険度の高いB級クエスト以上を受注するときは、帰還玉の携帯はもはや必須である。

「そうなんだよ。そこが私も強く引っかかっていてね……。一度目のD級クエストを受けたハンターたちは、言い方はよくないが若く駆け出しのハンターばかりだ。まぁ……悲しいことだが、そういうこともあるだろう」

そういうこと――つまりは、クエストを達成できずに命を落とすということだ。

「しかし――問題は第二陣、A級クエストに臨んだハンターが帰らないことだ。彼らは年季の入った熟練のハンター。帰還玉も当然のようにしっかりと持ち込んでいるだろう」

そしてタールマンさんは、果実水を一気に飲み干して、ここから導き出された可能性を示した。

「――つまり、彼らが帰らない現状、考えられる可能性は二つ！　一、落とし穴の先はどこか別の――帰還玉の機能しない異世界に繋がっている。二、帰還玉を使う暇すらなく、何者かに殺されてしまった。このどちらかだ」

「まぁ……確かに、そうなりますね」

（ふむ……可能性としては『二、帰還玉を使う暇すらなく、何者かに殺されてしまった』が濃厚だな……）

おそらく本件で取り立てられている『謎の穴』とは、先日俺が落ちたアレである。その際に、俺はエルフの村から帰還玉を使って、無事にこの街へ帰ってくることができた。このことから、『一』よりも『二』の方が可能性としては高い。

「どちらにせよ、このクエストが危険なことには変わりない。こういった事情もあって、ルーラル王国はこれを特級クエストとして発注した。――っと、まぁ、大まかな状況はこんな感じだ」

「なるほど……事情はわかりました」

事情はわかった。そのうえで俺はこの依頼を――丁重にお断りするつもりだ。そもそもこの問題を『特級クエスト』として取り上げる必要性が感じられない。確かに謎の穴の存在は危険だ。しかし、近づきさえしなければ何の問題もない。王都から遠く離れたこの街のハンター――俺がわざわざ出張ることでもない。

そう切り出そうとしたそのとき――。

「そして報酬なんだが……」

タールマンさんは、少し渋い顔をして話を切り出した。

同時に俺はチラリと依頼書の右端に書かれた『報酬：金貨五百枚』という欄に目を走らせる。

（……安くもないが、高くもない）

わかっていたことではあるが、非常に微妙な報酬だ。

「金貨五百枚ですか……」

その俺のつぶやきをタールマンさんは、即座に否定した。

「いや、君は少し勝手が違う。ここから先は極秘事項――内密にして欲しいんだが、いいかな？」

「ええ、もちろんです」

俺が頷くのを確認したタールマンさんは、受付嬢に目線で合図を送る。

「――かしこまりました。それでは一時間後に、また戻ってまいります」

「あぁ、話が早くて助かる」

そうして彼女が退室し、この部屋には俺とタールマンさん二人だけとなる。

「さて、先ほど見せた依頼書は、他の多くの一流ハンターに発注されたものだ。ジン君にはルーラル王直々に、特別な依頼が出されている。――これを見てくれ」

そう言うと彼は、仕事机の中から『極秘』と書かれた書簡を取り出すと、それを俺に手渡した。

「俺だけに……？」

疑問を抱きながら、その内容を確認する。多くは先ほど見た依頼書と全く同じだが……一点、明らかに異常な部分があった。それは書簡の右端にある報酬の欄。そこには赤文字で大きく『報酬：前金で金貨五万枚。一つの穴の調査を完了するごとに追加報酬として金貨十万枚』と書かれてあった。

「ごっ⁉　じゅうっ⁉」

目もくらむような大金に、思わず声をあげてしまう。

「あぁ……見ての通り、とんでもなく高額な報酬だ。それほどルーラル王国はこの問題に本気ということだろう。――何より、なんとしても君を動かしたいのだろうな」

（……どういうことだ？）

あまりにも不可解な王国の態度に俺は首を傾げる。依頼内容の全てを聞いた今でも、この件にここまで本腰を入れて取り組む必要があるとは思えない。何らしかの裏を感じる。

（しかし……前金で金貨五万枚だぞっ⁉　それに一つの穴の調査を終えるごとに追加報酬として金貨十万枚……っ）

最近はエリクサーの使用にエルフ族の借金返済など、大きな出費が続いている。ここいらでまとまった額の収入が欲しいことは確かだ。

（しかし、いかにもきな臭い……）

俺が一人頭を悩ませていると、突然タールマンさんが立ち上がり、大きく伸びを始めた。

「ふぅー……。さて、これで私の仕事は終わりだ。あとはジン君がそのクエストを受注するかどうかを決めてくれ」

「は、はぁ……」

その突然の対応に、俺は首を傾げた。

「――ときにジン君。君は今年でいくつになるんだったかな？」

「一応、今年で三十五になりますが……」

「はっはっは、君も年を取ったなぁ！　私も今年で六十だ。困ったことに、最近独り言が多くなってしまってな……。うん、これは本当に困ったことだな」

わざとらしくタールマンさんは、困った表情で肩をすくめた。

「ふふっ、なるほど。独り言ですか……。お互い年は取りたくないものですね」

「はっはっは、全くだ！」

そうしてタールマンさんは、本件の『裏の事情』をポツリポツリと語り始めた。

「さてそうだな……どこから話したものか……」

タールマンさんは腕組みをしながら頭を捻る。

「まず大前提として――現在発見されている謎の穴は五つ。じきに残りの二つについても見つかるだろう」

（……残りの二つ？）

まるで全ての穴の数を把握しているような口振りに違和感を覚える。

「……王国は謎の穴のことを既に知っているのですか？」

すると彼はニヤリと笑った。

「さすがはジン君、察しがいいな。その通りだ」

「詳しくお聞きしても？」

「もちろんだとも。しかし、これは各街のハンターズギルドのギルド長および、王国の重鎮にしか知らされていない国家の最重要機密だ。当然ながら、他言無用で頼むぞ？」

俺は無言でコクリと頷く。

「よし――それでは少し長くなるが聞いてくれ。このルーラル王国には遥か古から伝わる『大聖典』と呼ばれる一冊の不思議な本がある」

「大聖典……？」

そんなものはこれまで一度として耳にしたことがない。

「そうだ。こいつがいつから存在したのか、誰が何のために記したのかは不明だ。そのうえ一体何でできているのか、水につけても火を放っても破ろうとしても――どんな手段をもってしてもこの大聖典を傷つけることはできなかったそうだ」

「ふむ……」

果たしてそれは本当に『本』と呼んでいいのだろうか。

「まぁ、そんなことよりも問題はこの大聖典に書かれている内容だ。それは――」

「それは？」

「将来に発生する事象の大まかな概要――つまりは予言だ」

「予言……ですか……」

つまり大聖典とは平たく言えば『予言の書』ということだ。

全くの眉唾物の話だが……おそらく本当なのだろう。タールマンさんは嘘をつくような人ではない。何より、俺に不利益を与えるような人じゃない。彼の人となりは、俺が一度ルーラル王国と揉めに揉めたあの事件以来、理解しているつもりだ。

「まぁ、信じられない気持ちはよくわかる。しかし、全て事実だ。この街の前任のギルド長からも、国王からも同じ話を聞かされている」

「なるほど……。そしてその大聖典に謎の穴のことが書かれていたと……？」

「うむ……。まぁ、そうなんだが。この大聖典には一つ大きな問題があってな」

そう言いながら、タールマンさんは苦い顔して頭をボリボリとかいた。

「書かれてある文字が読めんのだよ」

「文字が、読めない……？」

「そうだ。大聖典は、過去存在したどんな文字言語とも合致しない——未知の文字で記されている。王国はその解読に日夜励んでいるというのが現状だ」

「なるほど……。それで解読はどこまで進んでいるんですか？」

「正直、あまり進捗はよろしくないようだ……。現在判明している記述は、このルーラル王国全土に七つの穴が発生すること。その先は異世界に通じていること。その世界に君臨する『大罪』と呼ばれる化物を倒さなければ、元の世界に帰還することができないということだ」

「ふむ……」

『七つの穴』に『大罪』。何より元の世界に帰還できないという点は、聞き捨てならない。

「その大聖典とやらを信じるならば、調査に向かったハンターたちが戻らないのは『一、落とし穴の先はどこか別の——帰還玉の機能しない異世界に繋がっている』ということになりますね」

「正確には『大罪を倒すまでは帰還玉の機能しない異世界に繋がっている』だな」

「ふむ……」

危険だ、というのが率直な感想だ。

未知の世界に行ったうえに、その世界にいるとされる姿も形も知らない大罪を探し出して討伐する。いったいどれほどの時間がかかるか見当もつかないうえに、その強さも不明ときている。

俺が黙り込んだのをどうとらえたのか、タールマンさんはゴホンと咳払いをしてから、話を進めた。

「大聖典によればその化物たちを総称して『七つの大罪』と呼ぶらしい。そして我々王国がなぜこの問題にこれほど本腰を入れているか。その理由は――七つの大罪を全て葬らなければ、この世界が滅びるからだ」

（世界が滅びる……ね）

口振りからして、それも大聖典とやらに書かれていたのだろう。しかし――。

（これまたスケールが大きい話だ。正直に言って、俺の手にはあまる）

どう考えても三十路のおっさんに頼んでいい依頼の範疇(はんちゅう)を超えている。

「いきなりこんなことを言われて、さぞ困惑していることだろうと思う。しかし、全て嘘偽りのない事実だ」

俺はここまでの情報を頭で整理しながら、この特級クエスト受けるべきかどうか思案する。

（危険過ぎる……か？　いや、しかし報酬があまりに魅力的だ……）

するとタールマンさんは追加である情報を付け足した。

「この件に関することで、一つ朗報があってな。先日、ようやくその七つの大罪に関する記述の解読に成功したんだ」

「ふむ、何が書かれてあったんですか？」

「七つの大罪の一つ――強欲の魔龍ゼルドドンについてだ」

（……あっ）

つい最近何度も聞いた名が飛び出てきた。

「何でもこいつは周囲の『マナ』と呼ばれる不思議な力を吸収し、絶大な威力を誇るドラゴンブレスを吐くらしい」

（ふむ……そうだったのか……）

有無を言わさずに首を刈り取ってしまったので、全く知らなかった。

俺が何の問題もなく、帰還玉で帰ってこられたのは、異世界転移初日に七つの大罪の一つ――ゼルドドンを狩ったからというわけだ。

（七つの大罪……もしかしてあまり大したことがないのか……？）

……いやいや、油断は禁物だ。たまたまあの小型飛龍ゼルドドンが、七つの大罪で最弱のモンスターだったという可能性は大いにあり得る。

俺は一人、緩みかけた気持ちを引き締めた。

「すみません。……スラリンとリュー、それにアイリと相談したいので、少しお時間をいただけますか？」

さすがにこれだけ大きな問題を、今すぐに決断を下すわけにはいかない。しっかりと、身内と相談してから決めるべきだ。

「あぁ、もちろんだ。それに危険だと判断したなら、断ってくれても一向に構わない。その場合は、まぁ……王国は強く反発するだろうが、私がうまく話しておこう」

「ありがとうございます」

そのあと、俺はギルドをあとにし、自宅へと向かった。

（さて、みんなはどういう反応を返してくれるだろうか……？）

■

自宅へ帰ると、ちょうど洗濯物を干していたアイリが出迎えてくれた。

「あっ、おかえりなさい、ジンさん。今日はお早いですね」

「あぁ、ただいま。スラリンとリューは？」

「二人ともまだ寝室でグッスリと寝ていますが……。起こした方がいいでしょうか？」

「ふむ……。いや、もうすぐ起きてくるだろうし、そのままにしておこう」

最近どういうわけか、あの二人は少し朝型の生活になりつつある。以前は夕方までグッスリと眠っていたのに、最近は昼ごろになればモソモソと起き上がってくる。何でも『アイリを一人にできないから』らしい。見知らぬ土地に来て心細い彼女を思っての行動というわけだ。それを聞いた俺は、スラリンとリューの成長を本当に心の底から喜んだものだ。

「それじゃ、俺は昼メシの準備をしてくるよ」

「あっ、それでは私もお手伝いを――」

「い、いや、大丈夫だ。アイリはそのまま他の家事をやってくれると助かる。俺は何というか……そう、料理を作るのが好きなんだよ」

「そうですか、わかりました！　それではジンさんがお料理を作ってくれている間は、倉庫のお掃除をしておきますね」

「ふぅー……。ありがとう、助かるよ」

何とか彼女を傷つけることなく、無事に危機を回避することに成功した。

そのあと昼メシを作り終え、アイリと一緒に完成した料理を食卓へ運んでいると――。

「ふわぁー……。ジン、アイリおはようー。いいにおいだねー」

「……ふわぁ。……二人とも、おはよ」

パジャマを着た二人が眠たそうな目でやってきた。

「おはようございます。スラリンさん、リューさん」

「おはよう。まだ、ずいぶんと眠たそうだな。ほら、昼メシの準備もじきに終わるから、早く朝支度(あさじたく)を済ませてくるといい」

「「はーい」」

そのあと、全員分の料理を食卓に並べ終えたところで、普段着に着替えたスラリンとリューが戻ってきた。顔も洗って歯も磨き、さっぱりとした表情となっている。

「さぁ、それじゃ食べようか」

「「「いただきます」」」

■

「「「ごちそうさまでした」」」

あれほど食卓にあった料理も、あっという間になくなった。

「あー、おいしかったっ！」

「……満腹満腹」

「とてもおいしかったです。ジンさんは本当にお料理が上手ですね」

スラリンもリューもアイリも満足そうだ。

「ふふっ、お粗末様でした」

さて昼メシも食べ終わったところで、そろそろ本題に移ろうか。

「みんな、少し大事な話があるんだが、聞いてくれるか？」

「うん、どうしたの？」

「……大事な……話？」

「いったいなんでしょうか？　ぜひ聞かせてください」

そして俺は彼女たちに全てを話した。

大聖典と呼ばれる不思議な予言書のこと。

このルーラル王国全土に七つの穴が出現したこと。

七つの大罪と呼ばれる恐ろしい化物を全て葬らなければ、この世界が滅びてしまうこと。

おそらくこのクエストは、かつてないほどに危険なものになること。

クエストを受ける場合は、スラリンとリューにも来て欲しいということ。

タールマンさんからは、最重要機密のため他言無用と言われているが、身内についてそれは適用されない。そんなことは彼も承知の上だ。だから俺が『相談する』と言った時も、彼は止めなかった。

「俺は現状、このクエストを受けるかどうか非常に悩んでいる。ぜひみんなの意見を聞かせてもらいたい」

すると――。

「おもしろそーっ！　いこいこ、ジンっ！　すぐ行こーっ！　今日行こーっ！　今行こーっ！」

「ふふっ、久しぶりの……旅行……っ！」

スラリンとリューは大喜びではしゃぎ始めた。

（この二人はちゃんと今の話を聞いていたんだろうか……）

若干の不安が胸に押し寄せる。

「あー……アイリはどう思う？」

この中で唯一の常識人である彼女に問いかける。

すると彼女は少し悩んだあとに口を開いた。

「私は……危険だと思います」

「……ふむ、確かにな」

それがごく普通の意見だろう。

「――ですが、その謎の穴の先で、私たちエルフ族のような――苦しんでいる人たちがいるのならば、助けに行きたいと思います」

アイリは強い意志を感じさせる口調でそう言った。

「ふむ……つまり、賛成三票反対ゼロ票ということでいいんだな？」

「おっけーっ！」

「とても……楽しみ……っ！」

「はいっ！」

全員の意見が一致したため、俺はこの特級クエストを受けることに決めた。

「それじゃ、スラリンとリューは身支度を整えてくれ。アイリは、少しの間留守を頼――」

「いえ、私も連れて行ってください」

彼女は俺の目を真っ直ぐに見た。

「いいのか？　これは本当に危険なクエストだ。俺だって守り切れるかはわからないぞ……？」

当然ながら、全力で守るつもりだが。

「大丈夫です。私だってエルフの村で学んだ『魔法』があります。少しはお役に立てるはずです」

（なるほど……。確か〈恵みの水〉だったか……？）

エルフの森を消火していたときに、彼女たちエルフ族が使用していた不思議な力を思い出す。

（万が一飲み水を確保できないような過酷な環境だった場合には、あの魔法は助かるな……）

それに彼女の口振りだと、他にもいくつか便利な魔法が使えそうである。戦闘はスラリンとリューに任せて、彼女にはサポート役を任せる構成も悪くない。

「そうか、わかった。危険な旅になると思うが、よろしく頼むぞ、アイリ」

「はいっ！」

さてやるべきことも決まったし、ひとまずタールマンさんに報告しに行くか。

「それじゃ、俺はタールマンさんにクエストを受注したことを伝えてくる。一応、今のところ明日には出発する予定だ」

「はーいっ！」

「……ワクワク」

「わかりました」

そうして俺は、再びハンターズギルドへと向かった。

■

ハンターズギルドに到着した俺は、早速受付嬢の元へと向かう。するとどうやら既にタールマンさんから話が通っていたようで、すぐに先ほどの仕事部屋に通された。

「おぉっ！　えらく早かったじゃないか、ジン君！」

「えぇ、みんなが賛成してくれたもので」

「っということは、受けてくれるのだな？」

タールマンさんは嬉しそうに詰め寄ってきた。一応彼とて国側の人間。国王の手前、俺がイエスという方が嬉しいのだろう。

しかし――。

「――その前に一つ確認したいことがあります」

「なんだ、何でも聞いてくれて構わんぞ」

「このクエスト受ける場合は、前金で金貨五万枚。一つの穴の調査を終えるごとに、追加報酬で金貨十万枚。お間違いないですね？」

このクエストはあまりにも情報が少なく、危険度が非常に高い。引き受けるからには、きちんと報酬は頂戴する。

「あぁ、もちろんだとも。国王から既に前金と一回の追加報酬分――計十五万枚もの金貨を預かっている」

「そうですか、それは話が早い。では、早速十五万枚をいただきましょう」

「……ん？　私の聞き間違えか？　今、五万ではなく、十五万枚と聞こえたんだが……？」

「いいえ。俺はもう一つの穴の調査は完了しています。七つの大罪の一つ――強欲の魔龍ゼルドドンとやらは既に仕留めました」

「……は？」

タールマンさんはしばし硬直したのち、俺の肩をガッシリと掴んだ。

「どういうことだ!?　せ、説明してくれ！」

「ええ、もちろんです。これは数日前、俺が息抜きにと自宅近くの山に花見に行っていたときのことです。酒も十分に回り、久々の休みということもあり、気を抜いていた俺は、謎の穴に気付かずに落ちてしまったんですよ。……まぁ、お恥ずかしい話なんですが」

自らのミスを人に打ち明けるのはどうにも、こそばゆい気持ちとなる。

「そ、それで……?」

彼は緊迫した表情で続きを促した。

「穴の先は一面緑色――広大な森が広がっていました。そこでまぁ……いろいろあって、魔龍ゼルドドンとやらを仕留めたのです」

さすがに『偶然首を狩った小型の龍がゼルドドンでした』と、馬鹿正直に言うのは少し憚られたので、『いろいろあって』とぼかしておく。

「し、信じられん……。いや……他でもない君が言うのだ。嘘ではないのだろう……」

当然である。

こんなすぐにバレる嘘をつく必要もない。

「そ、そうだ早く調査報告書を作成しなければっ! ジン君、今から少し時間をもらってもいいかね?」

「ええ、構いませんよ」

どのみち出発は明日の予定だし、穴の位置情報をタールマンさんに尋ねなくてはならない。

「そ、それでその世界はいったいどんな――」

そのあと、俺はあの異世界で見たことをこと細かに報告した。

エルフ族の住む、エルフの森が存在すること。

レイドニア王国という人間が住む国があったこと。

俺が守ったエルフの森を人間が燃やしたので、少しお灸を据えたこと。

そして強欲の魔龍ゼルドドンのこと。

その全てを細かく、調査報告書に書き記したタールマンさんは大きな息を吐いた。

「いや、君は全く凄まじいな……。ほんの数日姿を見ないと思っていたら、こんなことをしていたのか……」

「まぁ、終わってみればいい経験でしたよ」

「そ、そうかね……？」

微妙な顔をしたタールマンさんが、これまた何とも微妙な反応を返した。

「と、とにかくジン君、よくやってくれた！　これは大手柄だっ！」

タールマンさんは「がっはっは」と声をあげて笑った。

「――それと一つお願いごとがあるのですが……いいですか？」

「ん、何だね？　私ができることであれば、何でも力になろう」

彼にそう言ってもらえると心強い。

事実彼は一度、俺が王国と争ったときに、王国全土を敵に回してまで俺の肩を持ってくれたことがある。その時から、彼のことを強く信用している。

「ありがとうございます。では――一つ国王に釘を刺しておいていただけますか？」

「国王に……釘を……？」

「ええ、あの国王のことですから、後日裏取り調査のために囲ってあるハンターを数人、こっそりとあの異世界に送り込むはずです。ですからそれとなく、国王には『俺が守った村』だということを強調して伝えていただけますか？」

「なるほど……、わかった。『君の守った村』と念を押しておけば、国王とて無茶はできんだろう。私の方からそこはしっかりと釘を刺しておく」

「助かります」

これであのエルフの村に危害が及ぶこともないだろう。もし万が一の場合は、今度こそ王国と全面戦争になる。

「いやいや、こちらこそ本当に助かった。君のおかげで、『七つの大罪を討伐できること』『謎の穴の先から帰還できること』『大聖典の記述の正確性』この三つの確認が取れたのだ！　感謝してもしきれんよ！」

調査報告に大変満足してくれたようで何よりだ。

「おっと、そうだ。報酬を渡さなければ……だなっ！」

そう言って彼は、部屋の中にある巨大な金庫を開けた。この中にはこの地域で発見された過去の遺物や金貨、機密書類などが保管されているとタールマンさんから聞いている。

「さぁ、受け取ってくれ」

彼はその中から大きな袋を三つ取り出した。その中からは、ジャラジャラと金属が擦れ合うような音が鳴っている。

「確かに」

一々中を確認するような真似はしない。彼とは、そんな浅い仲ではない。

「それではタールマンさん、俺は明日から別の穴の調査に向かおうと思います」

「も、もう次の穴へ……？　少し休んでからでもいいのではないのか……？」

「いえ、どうせやるなら早いうちにですよ」

「なるほど、わかった。それでは現在発見している穴の位置を全て伝えておこう」

「よろしくお願いします」

「まずは北方のラグナ山地の麓にある――」

そのあと、残りの穴の情報をメモした俺は、装備を整えるために一度自宅へと帰った。

■

その翌日、俺はスラリン・リュー・アイリと共に、ラグナ山地へと足を運んだ。

険しい獣道を掻き分けて進んでいくと、昨日聞いていた通りの位置に、ぽっかりと黒い穴が空いていた。

「こいつか……」

確かに、俺が花見をしていたときに落ちた穴とそっくりである。

「うーん、真っ黒だねー」

「底が……見えない……」

「この穴からは、何だか不思議な力を感じます……」

『魔法』という不思議な力を操るアイリが気になることを言った。

（不思議な力……か）

もしかするとこの謎の穴もアイリたちのような、魔法を使える何者かの仕業なのかもしれないな……。

偶然にも同時に七つの穴が存在したとは考えにくい。今回の件を仕込んだ何者かが存在するはずだ。

（まぁ、何にせよ、俺がやることはただ一つ。七つの大罪を全て滅ぼして、老後の貯蓄を増やすことだ）

俺がまだこんな風に体が動く間はいい。しんどいが、働けばそれなりの――大食らいのスラリンとリューを養える程度のお金は稼げる。しかし、年老いて……それこそハンターの看板を下ろさなければならなくなったとき、貯蓄が無ければ彼女たちに十分なメシを食わせてやることができなくなる。

（ひもじい思いをしながら、徐々に弱っていく二人を見るなんて俺はごめんだ）

将来のためにも、稼げるときには稼げるだけ稼がなくてはならない。

俺は決意を新たに、穴の前に立つ。

「それじゃ行くか……。心の準備はいいな？」

「レッツゴーっ！」

「早く……行こ……っ！」

「準備万端ですっ！」

三人から心強い返答が返ってきた。

「それじゃ念のため、全員手を繋いでおこう。この穴の先がどうなっているかもわからんからな」

俺たちは穴を囲うような形で、円になって手を繋ぐ。

「それじゃ合図と共に飛び込むぞ？　いっせー……のー……」

「「「「せっ！」」」」

全員が手をつないだまま同時に穴に飛び込む。

すると何とも言えない浮遊感が全身を包み込み――。

――気付けば俺たちは、空高くに放り出されていた。

（くっ、高いぃ、高いな……っ）

地上からの高さはおよそ数百メートル。落ちた際の落下の衝撃は相当なものになる。

（それに何より……っ！　アレはまずいぃ……っ！）

俺たちの下には見渡す限り、灼熱（しゃくねつ）のマグマが広がっていた。

「暑いぃいいいいーーっ!?」

「……そう？」

「き、きゃぁあああああっ⁉」

三者三様の反応を見せる中、俺はすぐさまリューに指示を飛ばす。

「リュー、人化(じんか)を解け！」

「あいー」

すると次の瞬間――。

巨大な龍の背中が俺たちの前に現れた。

幻想的なまでに美しい白銀の鱗(うろこ)。

優しさと強さを兼ね備えた紺碧(こんぺき)の双眼。

見るものを慄(おのの)かせる力強い翼。

破滅の龍と呼ばれる伝説上の存在が今、目の前に現れた。

「二人とも、リューに摑まれ！」

「暑いの嫌いー……っ」

「は、はいっ！」

何とか無事にスラリンもアイリもリューに乗ることに成功した。

「ちゃんと……乗った……？」

「あぁ、みんな無事だ。助かったよ、ありがとう、リュー」

リューの白銀の鱗を撫でてやると――。

「えへへ……」

彼女は嬉しそうに身を震わせた。

「こ、これがリューさんの本当の姿……っ！」

アイリは大きく目を見開き、リューの体を頭から尻尾まで見る。

「そういえばアイリは、初めて見るんだったな。まぁだいたいこんな感じのフォルムだが、完全に力を開放するともっと大きくなるぞ」

「こ、これより……ですか……っ」

彼女は大きく息を呑む。その反応にリューは少し満足げな表情を浮かべた。

「それにしても……。何だ、この世界は……？」

下は見渡す限り一面のマグマ。うだるような熱さがこみ上げてきている。

間違っても人間やエルフが生息できる環境ではない。

「暑いぃ……」

「わ、私もです。ここにずっといるのは、厳しいです……」

「うむ……そうだな」

かくいう俺も先ほどから汗が滝のように吹き出している。

平気なのは高い火耐性を持つリューだけだ。

「ここから……離れた方がいい……？」

「あぁ、周囲の探索も兼ねて、マグマのない場所を探そう」

「あいー」

こうして俺たちはリューに乗せられたまま、この謎の異世界への一歩を踏み出した。

あとがき

はじめまして月島秀一と申します。

まずは『おっさんハンター』第一巻をお買い上げいただき、ありがとうございます。

帯にもばっちりとありました通り、本作は既に『コミカライズ』が決定していますので、乞うご期待くださいませ！　さらに第二巻につきましては、来年の春頃を予定に準備しておりますので！　そのときはぜひ買ってください！（直球）

それでは少しだけ各キャラについて触れていきたいと思います。「あとがきから読むぜ！」派閥の方はこの先第一巻のネタバレがございますのでご注意くださいませ。

主人公であるジン。私が一番書きたかったキャラです。やはりおっさんが主人公って熱いと思うんですよ！　艱難辛苦を舐めてきたおっさんだからこそ出せる苦労感。将来設計や老後の貯蓄、身体の衰えなど様々な不安の種を抱えながらも、困っている人を見たらすぐに手を伸ばしてしまう――そんな根っからの善人がジンです。

以下、ヒロイン雑感。作者的に、書いていて楽しいのはスラリンですね。今後、裏の顔や本当の姿などなど、まだまだ書きたいことだらけです。次にリュー。彼女はジンと出会う遥か昔から、スラリンと喧嘩を繰り返していたりと、かなり設定が詰まった子になっております。最後にアイリ。本当にいい子ですね。そして男女問わず誰もが振り返るような、素晴らしい体つきをしています。

ジンに好意を寄せているということもあり、スラリンとリューからはその点において敵視されています。

みなさまはスラリン、リュー、アイリ。どのヒロインがお好きだったでしょうか？

以下、謝辞に移らせていただきます。

イラストレーターの松竜様、痺れるようなキャラクターデザインとイラストをありがとうございます。主人公であるジンのデザインを受け取ったときは「お、おっさんきたぁっ！」と興奮のあまり震えました。各ヒロインの完成度もとんでもないハイレベルで、感涙にむせび泣いておりました。

編集様、いろいろな修正案や改善案をさりげなく教えていただきありがとうございます。おかげで書き下ろしのネタに困ることもなく、気持ちよく筆もノリノリで書くことができました。今後ともよろしくお願いします。

その他、この本の制作に携わってくださったみなさま、おかげさまで本日無事に書籍が刊行される運びとなりました、ありがとうございます。

そして何よりこの本を手に取っていただいたみなさま、本当にありがとうございました。

第二巻もまた最高の一冊に仕上がるよう、既にガリガリと書いておりますので――来年の春頃あたりにぜひお会いしましょう！　今後ともよろしくお願いいたします。

月島秀一

最強のおっさんハンター異世界へ
～今度こそゆっくり静かに暮らしたい～

2018年12月31日　初版第一刷発行

著者　月島 秀一

発行人　小川 淳

発行所　SBクリエイティブ株式会社
〒106-0032　東京都港区六本木2-4-5
03-5549-1201　03-5549-1167（編集）

装丁　AFTERGLOW

印刷・製本　中央精版印刷株式会社

ISBN978-4-7973-9921-9
Printed in Japan

ファンレター、作品のご感想をお待ちしております。

〒106-0032　東京都港区六本木 2-4-5
SBクリエイティブ株式会社
GA文庫編集部 気付

「月島 秀一先生」係
「松竜先生」係

本書に関するご意見・ご感想は
下のQRコードよりお寄せください。
※アクセスの際に発生する通信費等はご負担ください。

冒険者ライセンスを剥奪されたおっさんだけど、愛娘ができたのでのんびり人生を謳歌する２

著：斧名田マニマニ　画：藤ちょこ

「あんたはバルザックの英雄だ！」

　各地で多くの武勇伝を打ち立てたダグラス親子は、一流冒険者として、勇者をも越える人気者となっていた!?　ライセンスを剥奪したギルドからも復帰を懇願されるが──。

「俺は娘が何より大事なただの父親だ」

　周囲の激変なんて関係なし!!　極大魔法でゴーレム軍団と戦ったり、行方不明のご令嬢を捜索したり、さらに幽霊からの不思議な依頼を受けたりと、ラビとダグラス、仲良し父娘の冒険は続きます。

「わたし、お父さんと旅をするのが大好き！」